NEGOCIAÇÃO DE REFÉNS

Dados Internacionais de Catalogação na Publicação (CIP)
(Câmara Brasileira do Livro, SP, Brasil)

Souza, Wanderley Mascarenhas de
Negociação de reféns : sistematização e manejo
das ações do negociador no contexto da
segurança pública / Wanderley Mascarenhas de
Souza. -- 1. ed. -- São Paulo : Ícone, 2010.

Bibliografia.
ISBN 978-85-274-1079-3

1. Negociação 2. Polícia 3. Policiais -
Treinamento 4. Reféns 5. Segurança - Medidas
6. Segurança pública I. Título.

09-13402   CDD-363.2

Índices para catálogo sistemático:

1. Negociação de reféns : Trabalho policial :
Segurança pública : Problemas sociais   363.2

WANDERLEY MASCARENHAS DE SOUZA

NEGOCIAÇÃO DE REFÉNS

SISTEMATIZAÇÃO E MANEJO DAS AÇÕES DO NEGOCIADOR NO CONTEXTO DA SEGURANÇA PÚBLICA

1ª Edição
Brasil – 2010

© Copyright 2010
Ícone Editora Ltda.

Projeto Gráfico de Capa e Diagramação
Richard Veiga

Revisão
Marsely de Marco Dantas
Rosa Maria Cury Cardoso

Proibida a reprodução total ou parcial desta obra,
de qualquer forma ou meio eletrônico, mecânico,
inclusive através de processos xerográficos, sem
permissão expressa do editor. (Lei nº 9.610/98)

Todos os direitos reservados para:
ÍCONE EDITORA LTDA.
Rua Anhanguera, 56 – Barra Funda
CEP: 01135-000 – São Paulo/SP
Fone/Fax.: (11) 3392-7771
www.iconeeditora.com.br
iconevendas@iconeeditora.com.br

DEDICATÓRIA

A todos aqueles que tomam conta do seu destino antes que alguém o faça;

À preservação da vida, da integridade física e da dignidade da pessoa humana nas ocorrências de negociações de crises com reféns; e

A minha esposa, Sandra, e as minhas filhas, Mylena Beatriz e Yngrid Victória, com carinho e amor.

AGRADECIMENTOS

A Deus, por mais esta oportunidade de evolução.

"Saber ouvir e falar bem são meios de comunicação igualmente poderosos"

John Marshall (1755 – 1835)

SUMÁRIO

Resumo, **19**

Abstract, **21**

Introdução, **23**

1. Ambiência do Negociador, **27**
   1.1. Contextualização Temporal, **27**
   1.2. Conjuntura e Cenário, **28**
   1.3. Policial Negociador, **29**
   1.4. Funções Operacionais Essenciais, **30**
   1.5. Negociador Improvisado, **31**
   1.6. Recomendações Doutrinárias Fundamentais, **34**

2. A Negociação na Atividade Policial, **37**
   2.1. Visão e Perspectivas, **37**
   2.2. A Decisão de Negociar, **40**
   2.3. Um Incidente com Refém, **41**
   2.4. Características de um Incidente Negociável, **43**
   2.5. Opções Abertas à Polícia, **48**
   2.6. Programa de Treinamento de Negociações do FBI, **50**

3. O Processo da Negociação, **53**
   3.1. Ações Básicas de Negociação, **54**
   3.4. Itens Envolvidos no Processo da Negociação, **60**
   3.5. Conflito de Competência para a Negociabilidade, **60**
   3.6. Condutas Operativas Recomendadas, **61**

4. A Tomada de Reféns, **63**
   4.1. Tipos de Situações Envolvendo Reféns, **63**
   4.2. Refém, **65**
   4.3. O Estado de Crise e a Condição de Refém, **67**
   4.4. Tipologia dos Tomadores de Reféns e Gradação da Periculosidade, **69**
   4.5. Motivação da Tomada de Refém e a Reação Recomendada, **71**
       4.5.1. Motivação criminosa, **71**
           4.5.1.1. Reação recomendada, **71**
       4.5.2. Motivação política, **72**
           4.5.2.1. Reação recomendada, **72**
       4.5.3. Motivação por perturbação mental, **73**
           4.5.3.1. Reação recomendada, **74**

5. Sequestro, **75**
   5.1. Perfil Psicológico do Sequestrador, **75**
   5.2. A Negociação do Sequestro, **76**
   5.3. Formas de Negociação, **77**
   5.4. Ações Recomendadas para a Negociação, **78**

6. A Síndrome de Estocolmo, **79**
   6.1. Revisão Histórica e Perspectiva, **79**
   6.2. Formação da Síndrome de Estocolmo, **80**
   6.3. Promovendo a Síndrome de Estocolmo, **85**
   6.4. Descobrindo que a Síndrome não está se Desenvolvendo, **87**
   6.5. Mecanismo de Defesa e Cópia, **88**
   6.6. Reféns Sobreviventes e os que Sucumbem, **93**
   6.7. Importância da Síndrome de Estocolmo, **94**

SUMÁRIO

7. RELAÇÕES COM A MÍDIA, **95**
   7.1. PROBLEMAS COMUNS A TODOS OS TIPOS DE SITUAÇÕES DE REFÉNS, **96**
   7.2. DIRETRIZES PARA O INCIDENTE, **97**
   7.3. ATUAÇÃO NO LOCAL DA CRITICIDADE, **97**
   7.4. DURANTE O INCIDENTE, **98**
   7.5. DEPOIS DO INCIDENTE, **99**

8. EQUIPE DE NEGOCIAÇÃO: VISIBILIDADE OPERATIVA, **101**
   8.1. NEGOCIADOR, **101**
     8.1.1. CONSIDERAÇÕES PARA A SELEÇÃO DO NEGOCIADOR, **102**
     8.1.2. FORMAÇÃO DA MEMÓRIA DO NEGOCIADOR, **103**
   8.2. EQUIPE OU GRUPO DE NEGOCIAÇÃO, **103**
     8.2.1. ERROS COMUNS COMETIDOS POR GRUPOS DE NEGOCIAÇÃO, **105**
   8.3. LOGÍSTICA BÁSICA OPERATIVA, **106**

9. TÉCNICAS E TÁTICAS DE NEGOCIAÇÃO, **107**
   9.1. CONSIDERAÇÕES INICIAIS, **107**
   9.2. OBJETIVOS, **107**
   9.3. CRITÉRIOS DE AÇÃO NA NEGOCIAÇÃO, **108**
     9.3.1. CRITÉRIO DA NECESSIDADE, **108**
     9.3.2. CRITÉRIO DA VALIDADE DO RISCO, **108**
     9.3.3. CRITÉRIO DA ACEITABILIDADE LEGAL, **108**
     9.3.4. CRITÉRIO DA ACEITABILIDADE MORAL, **109**
     9.3.5. CRITÉRIO DA ACEITABILIDADE ÉTICA, **109**
   9.4. PRINCIPAIS ERROS ELEMENTARES, **109**
   9.5. PRINCIPAIS FUNDAMENTOS DA NEGOCIAÇÃO, **110**
   9.6. PRINCÍPIOS BÁSICOS DA NEGOCIAÇÃO, **111**
   9.7. TÉCNICAS DE NEGOCIAÇÃO, **112**
   9.8. FASES PSICOLÓGICAS DO TOMADOR DE REFÉNS, **113**
     9.8.1. FASE AFETIVA, **113**
     9.8.2. COGNITIVA OU DO CONHECIMENTO, **113**
     9.8.3. CAÓTICA, **114**
   9.9. TÁTICAS DE NEGOCIAÇÃO, **114**
     9.9.1. TÁTICA INTRODUTÓRIA, **114**
     9.9.2. TÁTICA DE TRANQUILIZAÇÃO, **115**

NEGOCIAÇÃO DE REFÉNS

9.9.3. TÁTICA DE ENVOLVIMENTO, **116**
9.9.4. TÁTICA DA DISSIMULAÇÃO, **116**
9.9.5. TÁTICA DO MEDO, **117**

10. A CRISE NA NEGOCIAÇÃO E O MECANISMO DE RESPOSTAS, **119**
    10.1. DIFICULDADE PARA ORGANIZAR O AMBIENTE, **119**
    10.2. AÇÕES INDIVIDUAIS DE INTERVENÇÃO, **120**
    10.3. INDEFINIÇÃO DE RESPONSABILIDADES E ATRIBUIÇÕES, **120**
    10.4. MECANISMO DE RESPOSTAS, **121**
    10.5. GABINETE DE GERENCIAMENTO DE CRISES, **121**
        10.5.1. COMITÊ DE GERENCIAMENTO DE CRISES, **121**
        10.5.2. ELEMENTOS OPERACIONAIS ESSENCIAIS, **122**
            10.5.2.1. EQUIPE DE INTELIGÊNCIA, **122**
            10.5.2.2. EQUIPE DE NEGOCIAÇÃO, **122**
            10.5.2.3. GRUPO TÁTICO, **123**
            10.5.2.4. GERENTE DA CRISE OU DECISOR ESTRATÉGICO, **123**
        10.5.3. MODELO PARA GABINETE DE GERENCIAMENTO DE CRISES, **124**
    10.6. APRIMORAMENTO DO PROGRAMA DE TREINAMENTO, **124**

11. CURSO DE NEGOCIAÇÃO DE CRISES COM REFÉNS NA PMESP, **127**
    11.1. GRADE CURRICULAR, **128**
        11.1.1. COMENTÁRIOS DA GRADE CURRICULAR, **128**
    11.2. PERFIL PROFISSIOGRÁFICO PARA O POLICIAL NEGOCIADOR, **129**
    11.3. SIMBOLOGIA DO DISTINTIVO DO CURSO, **129**
        11.3.1. DESCRIÇÃO HERÁLDICA, **130**

12. DIRETRIZES RECOMENDADAS, **131**
    12.1. POLÍTICA DE CONDUTAS DE PROCEDIMENTOS, **131**
        12.1.1. PRINCÍPIOS-GUIAS, **132**
        12.1.2. DETERMINAÇÃO DE RESOLUÇÃO, **132**
    12.2. NEGOCIAÇÃO DE CRISES: ESTRATÉGIAS PREFERIDAS, **133**
        12.2.1. CAPACIDADE DE NEGOCIAÇÃO, **133**
        12.2.2. CONFIANÇA PÚBLICA E RESPONSABILIDADE, **133**
        12.2.3. COMPOSIÇÃO DA EQUIPE DE NEGOCIAÇÃO, **134**
        12.2.4. ASSISTÊNCIA DE SAÚDE MENTAL, **134**
        11.2.5. SELECIONANDO OS MEMBROS DO GRUPO DE NEGOCIAÇÃO, **134**

SUMÁRIO

12.2.6. Treinamento inicial requerido para negociadores, **135**

12.2.7. Treinamento de negociação necessário, **135**

12.2.8. Organização da equipe de negociação, **136**

12.2.9. Papel da equipe de negociação na estrutura de comando, **136**

12.2.10. Comandantes não negociam e negociadores não comandam, **136**

12.2.11. Aproximações de negociação recomendadas, **137**

12.2.12. Resultados desejados, **138**

12.2.13. Necessidade de coordenação tática, **138**

12.2.14. Relação com o comando, **139**

12.2.15. Lidando com imprensa, **139**

12.2.16. Reunião pós-incidente e estudo de casos, **139**

12.2.17. Recomendações adicionais, **140**

12.2.18. Ações sugeridas para tornar eficaz a negociação, **140**

Conclusão, **141**

Referências Bibliográficas, **145**

Sobre o Autor, **147**

RESUMO

Este livro discorre sobre as ações do negociador no atendimento de ocorrências com reféns e o seu aperfeiçoamento na arte de negociar, desde as primeiras conflitualidades até os dias atuais. Realiza uma viagem pela história dessa modalidade de crise, evidenciando-se os acertos, os erros e a visão para as mudanças que direcionam para os resultados aceitáveis. Aborda a evolução dos procedimentos operacionais embasados na doutrina vigente e expõe os processos iniciais que foram aprimorados, bem como as recomendações atuais que norteiam a qualidade das ações do policial negociador, como uma exigência suprema de profissionalismo. Tem por objetivo resgatar a história e aprender com ela, a fim de que os policiais que almejam a função de negociador, apliquem, de forma plena e cirúrgica, todos os recursos necessários para a negociação com reféns, alcançando, ao final, o melhor resultado possível, que consiste na preservação da vida, da integridade física e da dignidade de todas as pessoas envolvidas na crise. Foram, ainda, aplicadas técnicas de análise de conteúdo do assunto relacionadas à vida profissional do autor.

ABSTRACT

The current work is related to the actions of the negotiator in the attendance of hostage's occurrences and his improvement in the art of negotiation from earliest cases until nowadays. It performs a journey throughout the history of this sort of crisis showing the right, the wrong and the vision of changes towards acceptable results. It approaches the evolution of the operational procedures based on the valid doctrine and shows the initial process that has been improved and the lately recommendations that lead the management of the quality of actions as a supreme requirement of professionalism. It has the purpose of review the history and learn from it in order to make the policemen, who want to occupy the function of negotiator, put into practice – in an absolute, surgical way – every necessary resource regarding hostage's negotiation, reaching at the end, the best result that is related to the preservation of life, physical integrity and the dignity of all involved in the crisis. Yet, content analyze techniques were put into practice concerning the professional life of the author.

INTRODUÇÃO

As organizações policiais mais evoluídas sempre se preocuparam em ter uma pronta resposta às ocorrências que fujam da normalidade e que requeiram um tratamento diferenciado e especializado. Nas situações em que se faz necessária a intervenção da Polícia, o surgimento de uma crise é bastante provável, principalmente se surpreende um crime em andamento, ocorrendo situações em que pessoas são tomadas como reféns, criando um impasse e colocando vidas em risco.

Neste momento estão em jogo dois interesses opostos ou entendimentos diversos, podendo dizer-se que há um evento crucial, e para que não haja desdobramentos indesejáveis, deve ser negociado. Não se trata de verificar se as posições assumidas são legais ou éticas. Trata-se de encarar como um fato que não apresenta uma solução aparente ou imediata.

As características mais perturbadoras, decorrentes da intervenção policial, nesses casos, são o desfecho imprevisível, a compressão do tempo e a ameaça existente a uma ou mais vidas.

É necessária, então, uma postura organizacional definida para negociar estas situações críticas. A ação não pode ser isolada e nem deve ficar na dependência de que um gesto individual resolva o problema.

A negociabilidade deve ser gerida por policiais preparados para esse mister, que agirão de acordo com procedimentos pre-estabelecidos, de acordo com diretrizes e políticas norteadas pela doutrina de negociação de crises com reféns.

Daí decorre a importância de uma organização policial estar capacitada a gerenciar crises, priorizando a negociação, pois a sociedade tem uma expectativa quanto à resolução do problema, e cobra a ação adequada da Polícia.

Aumenta, então, a responsabilidade dos policiais envolvidos no processo de negociação, pois uma intervenção de insucesso pode ter sérias implicações legais e atingir a imagem da organização policial, com o consequente questionamento de sua capacidade profissional.

Os organismos nacionais e internacionais, de caráter governamentais ou não, ligados a direitos humanitários, estão cada vez mais atentos e atuantes. Qualquer ato atentatório à dignidade humana é motivo de imediata reprovação, com consequências legais graves ao infrator, ao órgão e ao país transgressor.

A presença da mídia, às vezes, contribui para dar um vulto inesperado às ocorrências, aumentando a tensão local e exigindo uma ação primorosa da Polícia. Naquele momento, toda a opinião pública está atenta ao desfecho dos fatos. Isso pode levar ao comprometimento da segurança das operações, em razão da excessiva exposição ao perigo de alguns repórteres, no intuito de colher uma boa matéria. É quando deve prevalecer a calma e a capacidade da Polícia em administrar todo o local das operações.

Não há uma fórmula fixa a ser seguida. As situações desse tipo instalam-se (e resolvem-se) de diversas formas, e por isso, faz-se necessário que a Polícia possua uma equipe que, conhecendo as diversas técnicas de resolução e negociação da crise, tenha condições de minimizar a possibilidade de falhas operacionais, que podem sempre ocorrer em razão das variáveis envolvidas, já que é sabido que nesses casos também é preciso contar com um pouco de sorte para a solução final.

Nesta contextualização é que se insere este tema da negociação de crises com reféns, com a pretensão de auxiliar na sistematização e no manejo desses incidentes com resultados que garantam a preservação de vidas, da integridade física e da dignidade da pessoa humana, ao mesmo tempo em que busca padronizar os procedimentos operacionais do policial na função de negociador.

CAPÍTULO 1

1. AMBIÊNCIA DO NEGOCIADOR

Embora a história do negociador de reféns seja relativamente curta no trabalho da Polícia, ela é marcada por muitos sucessos e tem provado o valor da interdisciplinaridade em problemas policiais. Combinando o conhecimento dos policiais com o emprego de táticas de saúde mental, uma variedade de ações sofisticadas, baseadas em teorias, técnicas, pesquisas e experiências têm sido desenvolvidas para reduzir conflitos e salvar vidas.

1.1. CONTEXTUALIZAÇÃO TEMPORAL

Na Segunda Guerra Mundial, o submarino de serviço da Marinha Americana foi chamado de *serviço silêncio*. Havia duas razões para que esses marinheiros fossem silenciosos. Primeira, eles operavam com um estrito disfarce de segredo. Poucas pessoas sabiam de suas operações e alvos. Segunda, eles operavam com descrição. Seus botes (na Marinha submarinos sempre são referidos como sendo botes, não navios) cruzaram a superfície dos oceanos explorando silenciosamente, seguindo com cuidado e afundando os navios inimigos.

No domínio da Polícia, também há um serviço silencioso; que é o de *negociador de reféns*, operado de forma semelhante aos submarinos da 2ª Guerra Mundial. Negociadores são silenciosos sobre seu trabalho.

Quando surge um incidente, o negociador entra em ação, desempenhando seu papel com pouco estardalhaço. Quando o incidente é resolvido, desaparece no mar da Polícia, voltando à superfície somente quando ocorrer outro incidente.

Nas organizações policiais, os negociadores constituem o serviço silencioso. Muitos policiais não percebem a extensão do preparo e treinamento dos negociadores, nem o que os negociadores realmente fazem em uma situação com reféns.

Alguns chefes, administradores e comandantes ainda veem os negociadores como um subproduto do negócio policial, não como um suporte principal de eficácia operacional.

A aproximação dos negociadores com os sequestradores é exatamente oposta à aproximação que a Polícia está acostumada a usar.

Em vez de manter a autoridade e o poder do distintivo de Polícia na prisão do criminoso, e usar força, se necessário, para efetuar a prisão, os negociadores tornam-se aliados do criminoso e conversam com ele para que decida pela rendição pacífica.

Eles fazem isso sem as armadilhas dos policiais. Não há uniformes, distintivos, algemas, bastão ou belicosidade. Só há armas da **comunicação**, **razão** e **paciência** (grifos do autor).

Cada ocorrência contém novas e únicas circunstâncias, desafios específicos da situação e dilemas de negociação nunca antes encarada. Em cada simples incidente, o negociador de reféns deve estar preparado para esse quadro. E não há espaço para erros.

1.2. Conjuntura e Cenário

A tomada de reféns não é novidade na crônica policial. No decorrer da história, as pessoas têm sido tomadas umas pelas outras. No Velho Testamento, tanto os Israelitas quanto os seus inimigos fizeram capturas: às vezes, como prisioneiros de guerra;

às vezes, como um meio de destruir a nação conquistada na forma de seus captores; às vezes para enfraquecer os recursos da nação vencida.

Essas capturas eram usadas para garantir que a nação conquistada não iria declarar guerra aos seus conquistadores.

Em nações africanas, pessoas eram capturadas, tomadas como reféns e usadas como escravas.

Novidade é a maneira como os reféns são usados, especialmente, nas décadas recentes, a resposta que a Polícia dá a esses incidentes e a forma com que os princípios psicológicos têm sido aplicados para a negociação de crises com reféns.

Historicamente, a tomada de reféns tem envolvido o uso de pessoas como garantia de pagamento ou uma segurança contra a guerra.

Durante a Idade Média, nações europeias esperavam que pessoas fossem capturadas para assegurar concordância de nações que guerreavam. Comerciantes eram capturados para garantir que outros comerciantes da mesma nacionalidade pagariam seus débitos.

Durante a 2ª Guerra Mundial, os alemães tomaram mais de 2 milhões de reféns franceses depois da divisão da França em 1942, para assegurar a cooperação e concordância do povo francês.

Tomada de reféns tem sido sempre uma técnica geopolítica usada por uma nação contra outra.

1.3. Policial Negociador

A tarefa de negociação, dada a sua primazia, não pode ser confiada a qualquer um. Dela ficará encarregado um policial com treinamento específico e assistido por conselheiros (outros técnicos em negociação).

O negociador não tem poder de decisão. É um mediador: os comandantes não negociam, os negociadores não comandam.

Para tanto, o policial negociador, além do conhecimento técnico, precisa possuir algumas qualidades pessoais; destarte, não pode a sua função ser desempenhada por qualquer outra pessoa, influente ou não, como costuma ocorrer frequentemente.

Faz parte da história policial recente no Brasil, a utilização de religiosos, psicólogos, políticos, secretários de segurança pública e até governadores como negociadores. Tal prática tem-se revelado inteiramente condenável, com resultados perniciosos para um eficiente gerenciamento dos eventos críticos, e a sua recidiva somente encontra explicação razoável no fato da grande maioria das organizações policiais do país, ainda, não ser dotada de uma equipe de negociadores arduamente treinada para esse mister.

O papel fundamental do negociador é o de servir de intermediário entre os causadores do evento crítico e o comandante da cena de ação. Funciona, portanto, como um catalisador no processo dialético que se desenvolve entre as exigências dos causadores do evento crítico (**tese**) e a postura das autoridades (**antítese**), na busca de uma solução aceitável (**síntese**) (grifos do autor).

1.4. Funções Operacionais Essenciais

A missão específica do negociador é promover as conversações com os detratores, objetivando dissuadi-los, ao mesmo tempo em que coleta informações gerais, com a finalidade de reduzir possibilidades de riscos para o refém.

Por meio desse papel, que é importantíssimo no curso da crise, poderão ser desenvolvidas a negociação real ou de convencimento (função estratégica) e a negociação tática ou preparatória (função tática).

A Negociação Real é o processo de convencimento de rendição dos criminosos por meios pacíficos, trabalhando a Equipe de Negociação com técnicas de psicologia, barganha ou atendimento de reivindicações razoáveis.

A Negociação Tática é o processo de coleta e análise de informações para suprir as demais alternativas táticas, caso sejam necessários os seus empregos, ou mesmo para preparar o ambiente, reféns e criminosos para tal aplicação. Neste trabalho, deverão ser utilizados recursos eletrônicos e tecnológicos diversos.

Como se pode verificar, esses aspectos da negociação real e da negociação tática, nas funções do negociador, hoje pacificamente assentados na doutrina de negociação de reféns, fazem com que os policiais escolhidos para esse importante mister sejam bem treinados e dotados de características pessoais bem peculiares.

Um negociador que não inspira respeito e confiança nos seus pares e nos detratores não tem a mínima possibilidade de bom êxito. Daí resulta um dos grandes axiomas da negociação, que é o de que *um negociador confiável torna a negociação viável.*

O mesmo acontece com a comunicabilidade.

Como esperar bons resultados de um negociador que não tenha qualidades semiológicas suficientemente desenvolvidas para se comunicar com desenvoltura, sob pressão, com pessoas perigosas, em momentos de crise?

De qualquer forma, é importante ressaltar que o negociador deve ser um policial dotado de certas características inatas, ou adquiridas em treinamento, com habilidade para conduzir a negociação aos fins colimados pela doutrina e pelos responsáveis pelo gerenciamento da crise.

1.5. Negociador Improvisado

Inexistindo um policial especializado em negociações, recomenda-se selecionar um, dentre os disponíveis, que mais se aproxime do perfil de negociador. Deve-se evitar a utilização de negociadores não policiais, como, por exemplo: padres, psicólogos, médicos, juízes, promotores, políticos e familiares, porque:

- carecem de preparo técnico e
- inexiste o compromisso entre eles e a Polícia.

Durante muito tempo discutiu-se que a função do negociador poderia ser desempenhada por pessoa que não fosse policial.

O uso de negociadores não-policiais é uma experiência pela qual já passaram quase todas as organizações policiais, especialmente quando, historicamente, as primeiras crises necessitaram da intervenção de alguém para servir de intermediário ou interlocutor entre os causadores dos eventos críticos e as autoridades policiais.

Pode-se até afirmar, e com certa segurança, que os primeiros negociadores foram, historicamente, não policiais. E essa realidade teve suas razões de ser.

Eclodindo uma crise, os captores viam-se diante de uma Polícia, que, devido ao seu despreparo doutrinário, pretendia solucionar o evento por meio da cega aplicação da lei, com a rendição incondicional dos infratores. Nessas condições, fazia-se necessária a intervenção de alguém, alheio aos quadros policiais, que pudesse servir de mediador, possibilitando assim que o evento fosse solucionado por meio de concessões mútuas.

Essa é, com toda certeza, a conjuntura ainda hoje vivida por algumas das organizações policiais brasileiras, as quais, à míngua de uma doutrina e de um preparo adequado para enfrentar crises, socorrem-se do amadorismo e da improvisação para solucionar o problema, valendo-se de quaisquer meios ao seu alcance, inclusive de negociadores improvisados.

Tal concepção, contudo, é superada e perigosa.

Hoje, com a experiência pregressa de casos e mais casos em todo o mundo, pode-se dizer, com certeza, que a utilização de negociadores não policiais é uma opção de alto risco.

Dwayne FUSELIER é peremptório, ao dizer que:

> *Essas pessoas, em virtude de geralmente não terem sido treinadas para a negociação, tenderão, provavelmente, devido ao estresse causado pela situação, a se*

apegar aos seus modos e maneiras de falar, ao dialogarem com os bandidos.[1]

Sendo assim, de acordo com aquele autor, os religiosos tenderão a manter-se excessivamente moralistas ou teológicos; os advogados sentirão dificuldade em decidir por qual dos lados estariam atuando; e até mesmo os profissionais de psiquiatria ou psicologia, se não tiverem um treinamento prévio a respeito de gerenciamento de crises, em pouco ou nada poderão contribuir, porquanto estão acostumados a serem procurados por pessoas que vão lhes pedir auxílio, e nunca por pessoas que resistam a esse auxílio.

Outro tipo de negociador não policial de que frequentemente se valem os responsáveis pelo gerenciamento de crises são os familiares de algum dos detratores.

A crônica policial registra que essa prática tem consequências muitas vezes desastrosas. Já houve casos verdadeiramente folclóricos em que o cônjuge, o pai ou a mãe de algum captor ofereceu-se para servir de negociador, com a melhor das intenções, e tão logo estabeleceu-se o contato entre aquelas pessoas e o tomador de reféns, ele reagiu da forma mais agressiva possível, argumentando que se encontrava naquela situação justamente devido àquela pessoa e que não admitia que a polícia voltasse a utilizá-la como negociador, por considerar aquilo chantagem emocional.

O grande argumento contra a utilização de negociadores não policiais não é tanto a sua falta de preparo, mas a total inexistência de compromisso entre eles e a polícia. Quem pode garantir que, nos contatos realizados com os detratores, o negociador não policial mantenha-se fiel às orientações e propostas emanadas do comandante da cena de ação?

Mesmo que tal pessoa tenha interesse na solução do evento (um juiz ou um promotor de justiça, por exemplo), quem pode

---

1. FUSELIER, Dwayne e NOESNER Gary. *Confronting the terrorist hostage taker.* New York, EUA: Paladin Press, 1990, pp. 6- 11.

garantir que ela aceitará as diretrizes da polícia, principalmente se, na fase de planejamento específico, esboçar uma solução com emprego de força letal?

E, no caso de decidir-se pelo uso de força letal, como esperar que uma pessoa sem treinamento específico possa exercer um papel tático na negociação?

Finalmente, se for empregada a força letal, como ficará a responsabilidade civil do Estado, se o negociador não policial ferir-se ou mesmo perder a vida?

Dentro dessa ordem de ideias, a doutrina do gerenciamento de crises considera inteiramente condenável o emprego de negociadores não policiais.

Psicólogos, psiquiatras e até outros especialistas em ciências comportamentais podem e devem ser bem-vindos ao local da crise, mas a sua atuação deve-se limitar tão-somente à prestação de assessoria ao gerente da crise e aos negociadores policiais.

O agente especial do FBI, Dwayne Fuselier, antes citado, é categórico ao afirmar que *a menos que haja razões específicas em contrário, os negociadores devem ser recrutados entre policiais com treinamento apropriado, assessorado por consultores profissionais em psicologia, se necessário.*[2]

1.6. Recomendações Doutrinárias Fundamentais

Ainda sobre a função de policial negociador, duas últimas recomendações devem ser feitas.

A primeira delas é a de que o comandante da cena de ação abstenha-se totalmente de atuar como negociador, ainda que tenha treinamento específico sobre esse assunto e sinta-se à vontade para assumir esse papel.

A experiência tem demonstrado que o comandante da cena de ação nunca é um bom negociador porque o negociador não pode ter poder de decisão. Se isso acontecer, os elementos

---

2. FUSELIER. Op. cit., p. 33.

AMBIÊNCIA DO NEGOCIADOR

causadores da crise logo perceberão esse detalhe e passarão a interpelá-lo diretamente, instando-o a que atenda imediatamente essa ou aquela exigência, eliminando assim as possibilidades de procrastinação, tão necessárias para se ganhar tempo no curso de uma crise.

Por outro lado, ao tornar-se negociador, o comandante da cena de ação, além de desviar os seus esforços e a sua concentração mental de inúmeros outros assuntos importantes que envolvam a sua missão de gerenciar a crise, tornar-se-á um negociador insuscetível de ser julgado no seu desempenho, pois a tarefa de avaliar e, se for o caso, substituir o negociador, cabe ao próprio comandante da cena de ação, e se este é o negociador, quem o avaliará?

A segunda recomendação é no sentido de que se evite utilizar homens do grupo tático como negociadores.

A formação e o condicionamento mental desses policiais são inteiramente voltados para a solução dos eventos críticos pelo emprego da força letal. Isso torna-os contraindicados para promover uma negociação, que exige, acima de tudo, uma inabalável crença na solução da crise por meio do entendimento e do diálogo.

Por isso, a tendência atual da doutrina, nessa área, converge para a independência da função do negociador das missões do grupo tático, classificando-a em outro grupo denominado equipe de negociação.

Ressalta-se, entretanto, que ambos devem compor, individualmente, os elementos operacionais essenciais do Gabinete de Gerenciamento de Crises, como será mostrado e explicado mais adiante, no capítulo 11.

Estudos realizados pela Academia Nacional do FBI (Federal Bureau of Investigation), em 1996, mostram que essa concepção revelou-se adequada, porquanto os dois grupos têm, de fato, a mesma missão, isto é, resgatar pessoas tomadas como reféns, porém, com ações operacionais diferenciadas, em razão da natureza de cada função.

CAPÍTULO 2

2. A NEGOCIAÇÃO NA ATIVIDADE POLICIAL

É importante que o negociador conheça e entenda a história da negociação de reféns para ter uma visão de como especializar-se no tema. Esta é uma área sempre desafiante e que deve ser constantemente aprimorada.

2.1. VISÃO E PERSPECTIVAS

As organizações policiais modernas devem tratar com situações de reféns que em muito são diferentes daquelas encontradas logo no início das questões geopolíticas. Criminosos e indivíduos emocionalmente perturbados não tomam reféns para ganhar poder político ou econômico numa larga escala; eles tomam reféns para forçar a concordância com suas exigências ou para expressar suas necessidades emocionais.

Recentemente, a tomada de reféns tem frequentemente sido uma tentativa de ganhar poder pessoal por indivíduos surpreendidos no cometimento de um crime, ou por indivíduos que tenham experimentado um senso de falta de poder por muito tempo.

A Polícia tem negociado mais com criminalidade ou questões de Segurança Pública nos incidentes com reféns. Além do mais, tomada de reféns em presídios e cadeias, ao longo do país, tornaram-se comuns. Os presos têm conseguido certos direitos e garantias e continuamente exigem melhor tratamento, melhores condições de vida e outros privilégios dos administradores de presídios e cadeias. Além de ações legais, a única forma que os presos possuem é tomar as propriedades da prisão e usar reféns (usualmente funcionários) como instrumento de barganha.

Existem significantes diferenças entre o gerenciamento da polícia de incidentes com refém e o gerenciamento em nível internacional de incidentes com reféns. Embora alguns países tenham adotado a política de que, em nível internacional, eles não negociam com terroristas, mesmo que ocorra a tomada de reféns, as organizações policiais geralmente tomam a posição de que, não havendo uma ameaça imediata à vida, são aceitáveis as negociações.

Seguindo a tradição anglo-americana de polícia, a maioria das corporações policiais enfatizam a regra da lei e os direitos do indivíduo. Esses elementos levam a uma ênfase no processo de resolução, tomando como base o sistema legal, e tem sido a base na qual a maioria das forças policiais têm atuado. São o pano de fundo do desenvolvimento das negociações.

Modernamente, a forma de policiar teve alguns estágios de mudanças e reformas como aperfeiçoamento do profissionalismo. Essas reformas incluíram itens como eliminar influências políticas, indicar administradores qualificados, estabelecer uma missão de serviço de não partidarismo público, aumentar o padrão de qualidade do pessoal, iniciar princípios de gerenciamento científico, enfatizar o estilo de disciplina e desenvolver unidades especializadas para lidar com problemas específicos que requeriam técnicas especiais (ênfase no conhecimento da ciência comportamental).

Neste contexto, as organizações policiais foram motivadas a mudar em muitas áreas, incluindo como tratar incidentes com reféns.

Na década de 70, as corporações policiais que se deparavam com tomada de reféns usavam um dos seguintes métodos de atuação: confiavam nas habilidades verbais dos policiais individualmente; deixavam as coisas acontecerem ou massificavam a quantidade de policiais e o poder de fogo no local, e exigiam que

A Negociação na Atividade Policial

o captor soltasse o refém e se rendesse. Se essa concordância não fosse obtida em um período de tempo considerável, um assalto era iniciado.

Não havia nenhum treinamento em gerenciamento de crises, negociação de reféns ou comportamentos anormais nas polícias antes deste período. Consequentemente, a habilidade com a qual o policial, individualmente, tratava tais situações dependia da sua experiência profissional. A administração de incidentes com reféns não era uniforme ou profissional.

A mesma situação existia nos estabelecimentos prisionais. Quando os presos se amotinavam e tomavam reféns, a reação típica dos seus administradores era usar a violência para retomar o controle. A Polícia utilizava cassetetes e armas para retomar o local, numa operação de assalto do tipo militar. Geralmente, presos, funcionários feitos reféns e membros da operação de assalto eram feridos ou mortos.

Depois do estabelecimento de grupos especializados (SWAT-Equipe de Armas e Táticas Especiais), os assaltos eram feitos por policiais especialmente armados e treinados. No entanto, sua eficácia era questionável. O FBI (1979) concluiu que, em 78% dos assaltos, pessoas eram feridas ou mortas. Geralmente, os policiais sustentavam as casualidades. Muitos grupos, nessa época, tinham sete homens para tomar conta das casualidades esperadas e ainda lidar com o sequestrador.

Além dos fatores aqui discutidos, o crescimento de serviços psicológicos na Polícia foi outro fator que favoreceu o desenvolvimento da negociação de reféns. Isso possibilitou um contato próximo, abrindo o caminho para os profissionais de saúde mental influenciarem as corporações policiais numa variedade de fatores, incluindo intervenção de crise, gerenciamento de comportamento anormal e negociação de reféns.

Como o objetivo primário da negociação de reféns é salvar vidas, quando uma situação é negociada, há menor probabilidade (quando comparada às outras alternativas táticas) de haver perda de vidas ou ferimento a qualquer pessoa envolvida.

2.2. A Decisão de Negociar

A decisão de negociar é complicada. Quem toma as decisões deve levar em conta vários fatores. Além de considerar as características que definem um incidente negociável, deve-se considerar a disposição de pessoal treinado, as chances de uma resolução bem-sucedida do incidente, usando as negociações, e a presença ou ausência de ameaças iminentes à vida dos reféns.

A negociação envolve pessoas querendo maximizar seus ganhos e minimizar sua perdas.

Discussão sozinha não necessariamente resolve problemas. No entanto, a habilidade de se chegar a um acordo no qual ambas as partes estejam confortáveis faz a negociação efetiva. Um acordo envolve três elementos e os negociadores precisam conhecê-los e aplicá-los, pois são a estrutura na qual as técnicas e habilidades do negociador são praticadas. Um acordo deve:

- **Alcançar os interesses legítimos de ambas as partes na maior extensão possível.** Esse princípio enfatiza que há dois lados de cada problema. Os negociadores têm que prestar tanta atenção, se não mais, para as necessidades do outro lado da mesma forma que essa pessoa presta. Sem consideração do outro lado, as negociações tornam-se nada mais que disputa de poder.

- **Resolver interesses conflitantes de forma justa.** Esse elemento foca na ideia de que deve haver algum padrão no qual as partes envolvidas em uma negociação possam julgar a justiça do acordo. Não é só o exercício de mais poder que determina a solução correta para um problema, no entanto, negociadores devem ser hábeis para mostrar como uma solução beneficia ambas as partes. Em um incidente com refém, beneficiar ambas as partes não necessariamente significa concordar com as exigências iniciais do sequestrador. No entanto, significa ajudar a outra pessoa a expandir sua visão e as suas próprias necessidades e mostrar novas opções para alcançar essas necessidades expandidas.

- **Tomar interesses comuns em consideração.** Esse aspecto relembra que a relação é um problema importante nas negociações. Os negociadores precisam separar problemas de relações e exigências das pessoas. Eles precisam discuti-las como diferentes problemas. Quando isto é feito, é mais fácil para o negociador dizer: eu me preocupo com você, mas não concordo com o seu comportamento. Além disso, negociadores precisam entender que suas ações durante um incidente estão sendo vistas por uma larga comunidade. As coisas que eles fazem são as coisas que a comunidade espera que eles façam da próxima vez.

2.3. Um Incidente com Refém

Tradicionalmente, incidentes com reféns são vistos no contexto em que reféns são tomados, que inclui reféns tomados no cometimento de um crime, reféns que são tomados por indivíduos que são emocionalmente perturbados, reféns tomados durante os motins nas prisões e reféns tomados por atos terroristas.

Reféns são usados para ganhar consentimento ou atenção em alguns tipos de incidente.

Os negociadores devem ter ações para cada tipologia de sequestrador, porque precisarão modificar sua aproximação para adequarem-se a cada tipo de situação.

As motivações e as metas dos sequestradores permitem perceber que os incidentes têm um valor instrumental e um valor expressivo para eles. O sequestro em ambos os casos é um ato desempenhado para ganhar consentimento a certas exigências – *a natureza instrumental do incidente,* e também é um ato desempenhado para mostrar o poder do sequestrador – *a natureza expressiva da relação.*

Um delinquente armado, interrompido durante o cometimento de um crime, toma reféns com o propósito primário de forçar as autoridades a concordarem com sua exigência de escapar. Suas exigências são instrumentais.

Por outro lado, o terrorista que toma reféns para chamar atenção para sua causa, querendo demonstrar a fraqueza da existência de um governo está enfatizando a natureza expressiva do incidente.

Os sequestradores podem ser organizados em uma continuidade, começando com aqueles que enfatizam a natureza instrumental dos incidentes com reféns. Eles iniciam a partir de uma personalidade antissocial querendo dinheiro e transporte (com um fim funcional), chegando até a sequestradores mentalmente perturbados, que usam o incidente para expressar sua injúria, ódio ou medo de uma situação (em um fim expressivo). Os terroristas estão no meio, querendo ganhar tanto concessões políticas quanto econômicas.

Entender as diferenças nessas motivações é importante para determinar as estratégias, táticas e habilidades necessárias em um incidente específico.

O FBI (1992) apontou que pessoas são tomadas em situações em que ocorrem exigências substantivas e em outras em que não há nenhuma exigência substantiva. Exigências substantivas envolvem uma meta identificada, como dinheiro ou mudança política ou social. Quando não há nenhuma exigência, a motivação do sequestrador é menos clara e o risco dos reféns é maior. O marido que toma sua esposa como refém no trabalho dela, durante uma separação, não fazendo nenhuma exigência, pode estar planejando um homicídio seguido de suicídio, em vez de procurar uma legítima reconciliação. A falta de exigência substantiva deve alertar os negociadores para um perigo potencial.

Incidentes com exigências requerem negociação e barganha, enquanto incidentes sem exigências requerem mais habilidades de intervenção de crises.

O FBI (1994) apontou outra distinção que ajuda a determinar que tipos de habilidades são necessárias e devem ser enfatizadas nos incidentes com reféns planejados (antecipados) ou não planejados.

Incidente com reféns planejados ou antecipados são, geralmente, aqueles de longa duração, como, por exemplo, um incidente terrorista no qual são tomados reféns para chamar atenção ou fazer um questionamento, ou ainda um incidente prisional no qual os internos querem melhores condições de vida carcerária. A grande maioria de situações de reféns em prisões são incidentes planejados.

Um incidente não planejado é um crime interrompido, no qual são tomados reféns como tentativa desesperada de proteger os sequestradores, ganhando concessões das autoridades.

Eventos planejados irão necessitar menos tempo para serem assimilados pelo negociador e não são tão insolúveis quanto na crise inesperada. No entanto, levam um tempo considerado para negociar porque os sequestradores têm um objetivo claro antes de tomar reféns. O processo de barganha absorve a maioria do tempo em um incidente planejado, portanto, os negociadores devem ser adeptos da negociação.

Por outro lado, sequestros não planejados, geralmente, representam a interrupção dos planos do sequestrador de uma maneira não previsível. Portanto, as situações representam mais uma crise para o sujeito do que aquelas planejadas. Levará mais tempo para acalmar e assimilar o sequestrador. O negociador terá que ser mais habilidoso na intervenção de crises do que na barganha.

2.4. Características de um Incidente Negociável

Na maioria dos incidentes com reféns, o sequestrador apresenta suas exigências, embora algumas não sejam negociáveis. Parte do trabalho do negociador é testar os limites das exigências do sequestrador para ver se podem ser negociáveis. Os comandantes de área irão frequentemente contar com os especialistas para ajudá-los a decidir se um incidente é negociável. Portanto, negociadores precisam saber o que faz um incidente ser negociável e o que necessita ser feito para torná-lo negociável. O FBI (1985) sugeriu oito características necessárias para um incidente tornar-se negociável. São elas:

- deve haver vontade de viver por parte do sequestrador;
- deve haver uma ameaça de força por parte das autoridades;
- deve haver exigências do sequestrador;
- deve haver tempo para negociar;
- deve haver um canal de comunicação seguro entre o negociador e o sequestrador;
- o negociador deve ser visto pelo sequestrador como uma pessoa que pode feri-lo, mas deseja ajudá-lo;
- o negociador deve estar apto a negociar com o sequestrador, tomando decisões rápidas; e
- tanto a localização quanto a comunicação de um incidente devem ser contidas para encorajar a negociação.

Passa-se agora, a explicar cada uma destas características:

- **Deve haver um sequestrador que queira viver.** Sem a necessidade de viver, a linha limite do negociador é removida. Profissionais de saúde mental definiram as necessidades básicas que motivam a maioria das pessoas normais, incluindo a necessidade de viver, a necessidade de pertencer (amar, participar e cooperar), a necessidade de poder, a necessidade de liberdade e a necessidade de diversão. As necessidades podem conflitar-se entre si, mas geralmente a necessidade de sobreviver toma prioridade sobre todas as outras. Essa prioridade de sobrevivência precisa dar aos negociadores uma ferramenta de barganha poderosa. A ameaça à sobrevivência é uma poderosa chamativa de atenção para a maioria das pessoas. As pessoas que estão decididas a morrer, no entanto, não se sentem ameaçadas pela morte. Preferem morrer a viver com o que chamam de dor insuportável. São pessoas difíceis de negociar porque não sentem a necessidade de viver. Sem a necessidade de viver, raramente há algo com o qual os negociadores podem barganhar.

- **Há ameaça de força pela autoridade.** Sem uma ameaça de credibilidade, os sequestradores podem não ter nenhuma razão para negociar, porque têm pouca coisa a perder. Em conjunção com a necessidade de viver, a ameaça de força sempre dá ao negociador mais espaço; no entanto, a ameaça tem que ser acreditável e as autoridades deverão ser vistas como tendo força e poder para usá-la.

- **Deve haver uma exigência por parte do sequestrador.** Sem exigências, os negociadores terão dificuldades para atuar. Sem exigência, não há negociações, não há nenhuma instalação de um conflito. Pessoas deprimidas, frequentemente, somente exigirão serem deixadas sozinhas. O FBI (1991) apontou que, quando uma pessoa é sequestrada e não há exigências substantivas, não há nenhum refém, entretanto, há uma vítima potencial. O sequestrador pode ter um número de motivos para tomar uma pessoa em cativeiro sem exigências: extorsão, exploração sexual, homicídio, homicídio-suicídio ou suicídio por policial. A falta de exigências é um indicador de violência em potencial, no entanto, sem exigências, há ainda uma estratégia aberta ao negociador. Ele pode utilizar metas de intervenção de crises, habilidades e conhecimentos para negociar o incidente. Por exemplo, pessoas que estão deprimidas, às vezes não fazem suas exigências explícitas, mas comunicam, inconscientemente, a necessidade de alguma forma de ajuda. A escuta habilidosa e a análise dos motivos da pessoa podem ajudar na solução do incidente.

- **O negociador deve ser visto pelo sequestrador como uma pessoa que pode ajudá-lo.** Ao ser uma fonte de prejuízo e uma fonte de ajuda, o negociador pode maximizar o seu poder em relação ao sequestrador. Ao usar o contraste de ser potencialmente mortífero ou ter um desejo genuíno em ajudar, os negociadores podem ser vistos como aliados poderosos para o sequestrador. O contraste entre a confrontação violenta por parte da Polícia e o entendimento de que o negociador é um mediador pode fazer com que ele pareça bem mais maleável do que realmente é. O efeito contraste é uma ferramenta poderosa de influência.

- **As negociações demandam tempo.** Sem tempo suficiente, uma relação não pode ser construída entre o negociador e o sequestrador, a inteligência não pode ser adquirida, as emoções não podem ser diminuídas e os problemas não podem ser resolvidos. Se um dos lados não está apto a deixar que o tempo passe, as negociações com sucesso são impossíveis.

- **Um canal seguro de comunicação tem que existir entre o sequestrador e o negociador.** Por definição, negociação é o estabelecimento de conflito entre conferência e discussão. Sem um canal de comunicação, não pode haver discussão. Um canal de comunicação seguro implica a existência não só de um equipamento de comunicação confiável, mas deve haver comunicadores confiáveis. As pessoas devem falar a mesma linguagem, ter os significados das palavras similares e usar a linguagem consistentemente. Negociadores e sequestradores não só têm que falar a mesma língua, mas também têm que usar o mesmo dialeto. A falta de um sentido comum para as palavras é uma das causas críticas nas negociações com tipologias emocionalmente perturbadas. Frequentemente usam uma linguagem de forma única.

O negociador deve ser sensitivo ao significado pessoal das palavras para ter um claro canal de comunicação. É interessante ter uma série de palavras às quais o sequestrador reaja e o negociador não demore a entendê-las. Finalmente, é essencial para o negociador lembrar-se de que quanto mais pessoas estiverem envolvidas em uma comunicação, mais espaço haverá para a distorção. Negociar por intermédio de uma terceira pessoa abre a possibilidade de uma mensagem não clara ser interpretada e traduzida por uma pessoa adicional. Assim como naquele velho jogo de crianças, em que a mensagem é passada de uma pessoa para outra, de ouvido para ouvido, a distorção é introduzida nesses casos da mesma forma. Os negociadores devem sempre conversar com os sequestradores diretamente. Tanto o local quanto as comunicações do incidente necessitam ser contidas para encorajar a negociação. O FBI (1975) apontou que uma resposta com sucesso requer um desenvolvimento de táticas de equipe, usando técnicas de bloqueio e contenção. O sequestrador precisa sentir os limites de sua liberdade e até onde vai seu apoio social. Esta é uma razão para estabelecer um perímetro mais compacto e para isolar as linhas telefônicas do sequestrador. Isto força a negociação com o negociador e que lhe dê uma chance de ser visto como o melhor recurso para resolver o seu problema.

- **O negociador deve estar apto a negociar com o sequestrador que está tomando as decisões.** Não há nenhum problema se o incidente envolver só um sequestrador; no entanto, se houver mais de um, o negociador deve identificar, logo no começo do processo, quem é que toma as decisões, só assim as táticas podem ser desenvolvidas para o indivíduo certo. Não é bom analisar as necessidades de uma pessoa e desenvolver maneiras de negociar, se a pessoa não for aquela que toma as decisões.

Na falta de qualquer uma destas oito características, a negociação torna-se muito difícil, por isso podem ser usadas como um guia sobre o que precisa ser feito para tornar um incidente negociável.

2.5. Opções Abertas à Polícia

O FBI (1979) sugeriu quatro opções disponíveis para a Polícia quando houver uma situação negociável. Cada uma delas tem suas vantagens e desvantagens:

- contenção e negociação;
- agentes químicos;
- atiradores de elite selecionados; e
- assalto do local.

- **contenção e negociação.** Esta opção tem a vantagem de salvar vidas e projetar uma boa imagem pública, enquanto a Polícia está tratando com situações delicadas e protegendo-se da responsabilidade de ações letais errôneas. Suas desvantagens são o tempo gasto, trabalho intensivo e o treinamento requerido.

- **agentes químicos.** Esta opção é geralmente usada em conjunto com o assalto tático. Às vezes, é usada para atingir um sequestrador quando está começando a fazer coisas que a Polícia não deseja que faça. No entanto, tem a desvantagem de ser insegura nos seus efeitos, pois pode colocar em risco a saúde de alguns reféns (asmáticos, por exemplo) e telegrafa as intenções da Polícia de assaltar o local.

- **atiradores de elite selecionados.** Esta opção tem a vantagem de dar um fim ao incidente e salvar vidas, se a pessoa certa for atingida e se o sequestrador ameaçar os reféns. A desvantagem é que, às vezes, os sequestradores trocam de roupas com os reféns para confundir a Polícia e a pessoa errada pode ser atingida.

- **assalto do local.** Esta opção tem a vantagem de dar fim a uma situação potencialmente perigosa. É rápida, no entanto tem a desvantagem de ser uma opção de alto risco. Cerca de 78% dos reféns são vitimizados durante um assalto feito pela Polícia (FBI, 1979). Além disso, põe em risco significativo os policiais. Alguns grupos táticos organizam-se com mais policiais que o necessário porque avaliam a possibilidade de neutralização dos dois primeiros homens à porta, na execução do assalto.

- **desenvolvimento da doutrina mundial de gerenciamento de crises tem evoluído muito durante os últimos anos.** A dinâmica do aperfeiçoamento está intimamente ligada a experiências vivenciadas nas atuações de casos reais. A cada experiência, uma nova alternativa é somada às demais, aumentando as chances de sucesso. O refinamento do trabalho inicial levou à concepção das mais avançadas alternativas táticas do momento:
  - negociação;
  - técnicas não letais;
  - *sniper* ou tiro de comprometimento; e
  - assalto tático.

Em ordem, estas quatro alternativas representam a mais desejável forma de resolver situações de confronto entre a força policial e os elementos criminosos. Avalia-se que a cada passagem de alternativa, a possibilidade de sucesso está diretamente relacionada com o incremento do risco de vida dos policiais, reféns, agressores e público.

2.6. Programa de Treinamento de Negociações do FBI

A aceitação da negociação de refém como uma legítima estratégia de Execução da Lei deu um grande passo adiante quando o FBI estabeleceu o seu Programa de Treinamento de Negociação de Reféns na sua Academia, em Quântico, Virgínia (EUA), em 1973.

Em adição aos oficiais de treinamento policial em negociação de reféns, oriundas de todas as partes do mundo, a Seção de Busca e Operações Especiais da Academia trouxe especialistas em Ciência Comportamental e pessoal de Execução Legal para desenvolver uma relação de trabalho focalizada em negociações de reféns.

O ensinamento dos princípios e estratégias de negociação de reféns, feitos por uma instituição tão respeitada quanto o FBI, fez com que um longo caminho fosse diminuído para legitimar a área. A Associação Internacional dos Chefes de Polícia (IACP) seguiu a conduta do FBI, estabelecendo seu Seminário de Resgate de Reféns em 1976.

O FBI desenvolveu um currículo de curso em negociação de reféns que tem servido de base para a maioria dos treinamentos das Agências Locais de Execução Legal dos EUA. Estima-se que 70% dos negociadores policiais treinados utilizaram, direta ou indiretamente, o currículo do FBI, que incluía:

- ênfase na aplicação dos princípios de negociação de crises para uma variedade de incidentes em Execução da Lei;
- distinção entre sequestro e tomada de reféns;
- aplicação diferencial das técnicas de barganha e intervenção de crise em incidentes com e sem reféns, respectivamente;
- uma análise das prioridades e opções em uma situação com reféns;
- características de uma situação que são necessárias para negociar com sucesso;
- linhas de conduta para tratar com exigências;

- a importância de deixar o tempo passar;
- integração de técnicas de escuta ativa em negociações;
- análise das necessidades do caso;
- padrões de comunicação;
- Síndrome de Estocolmo;
- sinais de problemas induzidos pelo estresse em negociação;
- indicadores de progresso em negociação;
- técnicas de negociação por telefone;
- negociações gravadas;
- norma padrão para negociação face a face;
- palavras e frases de problemas potenciais;
- chefe e negociadores que não são policiais;
- situação sem reação;
- quando pedir para revezar;
- manipulação da ansiedade;
- coisas a considerar antes de desviar das normas padrão;
- equipe de negociação de crises;
- tipo de informações críticas do incidente;
- uso tático do negociador;
- rendição;
- seleção do negociador;
- os efeitos da negociação nos negociadores;
- prisioneiros;
- negociando com terroristas;
- suicídio;
- fatores de alto risco e critérios de ação em incidentes envolvendo reféns;
- erros comuns em times de negociação; e
- generalização dos papéis em cada aspecto da negociação e sugestão de um modelo de cooperação e colaboração entre profissionais de Execução Legal e profissionais de saúde mental, que está sendo seguido hoje em todas as áreas da Psicologia Policial.

Capítulo 3

3. O PROCESSO DA NEGOCIAÇÃO

No enfoque da Psicologia, pode-se afirmar que o processo de negociação é um tipo de interação humana em que todas as partes buscam resolver diferenças por meio da obtenção de um acordo. Em geral, mostram interesse, apresentam propostas, fazem concessões, argumentam, aceitam ou recusam oferecimentos.

A negociação em crises com reféns rapidamente emerge como um campo da Ciência Comportamental, assim designado o ramo da Psicologia que considera os comportamentos anormais e normais como adquiridos, e mantidos, por mecanismos idênticos e segundo leis gerais de aprendizagens.

No contexto policial, é o conjunto de procedimentos, adotados pelo negociador, visando à solução de um evento crítico, por meio de medidas de contenção voltadas para a preservação das vidas de todos os envolvidos na crise.

Dessa forma, o processo de negociação implica, pela sua natureza de evento crítico, durar, em geral, longo lapso temporal, tornando-se, pois, necessário ter conhecimento para avançar e também retroceder com oportunismo e estratégia.

O livro "A Arte da Guerra", de Sun Tzu, ressalta a importância da estratégia no processo da negociação:

> *[...] o general que vence uma batalha, fez muitos cálculos no seu templo, antes de ter travado o combate.*

[...] o chefe habilidoso conquista as tropas inimigas sem luta; toma as cidades sem submetê-las a cerco; derrota o reinado sem operações de campo muito extensas. Com as forças intactas, disputa o domínio do Império e, com isso, sem perder um soldado, sua vitória é completa. Quando cercar um exército deixe uma saída livre. Isso não significa que permita ao inimigo fugir, o objetivo é fazê-lo acreditar que é um caminho para a segurança, evitando que lute com a coragem do desespero, pois não se deve pressionar demais um inimigo desesperado.

3.1. Ações Básicas de Negociação

A obra *Confronting the terrorist hostage taker*,[3] de Dwayne Fuselier e Gary Noesner, aponta, de forma muito interessante, quinze ações básicas que devem ser observadas por todo negociador e que ratificam muitas das condutas já citadas em capítulos anteriores.

Essas ações básicas, de caráter eminentemente empírico e tradicionalmente observadas pelas principais organizações policiais do mundo, no desempenho de missões de negociação, são as seguintes:

Estabilize e contenha a situação

O negociador tem um papel decisivo na estabilização do evento crítico, devendo empenhar-se no arrefecimento do ânimo dos detratores, procurando dar a eles a sensação psicológica de que têm o controle da situação. Isso evita violências desnecessárias contra os reféns, quase sempre causadas pela falta de domínio da situação experimentada pelos detratores nos primeiros momentos da crise.

---

3. FUSELIER. Op. cit., pp. 40-47.

Escolha a ocasião correta para fazer contato

A crônica policial registra casos de negociadores apressados, que foram recebidos a tiros pelos causadores do evento crítico. Por isso, deve-se aguardar o momento próprio para o início das negociações, quase sempre resultado de uma iniciativa dos próprios tomadores de reféns.

Procure ganhar tempo

Aliás, esse é também um dos objetivos da negociação.

Quanto mais prolongada for uma crise, mais fortalecido ficará o processo decisório, evitando-se soluções precipitadas e que representem perigo para os reféns.

Por outro lado, o tempo é o maior consolidador daquela proteção psicológica que favorece os reféns, denominada *Síndrome de Estocolmo*.

Deixe o transgressor falar; é mais importante ser um bom ouvinte que um bom conversador

Um bom negociador é um bom ouvinte.

É muito mais importante deixar o transgressor falar, porque isso não somente ajuda a reduzir seu estado de ansiedade, como propicia a revelação de fatos e dados que podem ser preciosos elementos de informação.

Além disso, enquanto o indivíduo fala, o negociador está ganhando tempo e evitando que o bandido fique fazendo coisas indesejáveis, como molestar os reféns.

Não ofereça nada ao transgressor

Embora possa parecer um gesto de boa vontade, isso prejudica as negociações, pois coloca as autoridades numa situação psicológica de inferioridade perante o transgressor, dando-lhe a falsa impressão de que estão dispostas a ceder a tudo para que ele solte os reféns.

Nessa recomendação está, evidentemente, subentendida a prodigalidade no atendimento de qualquer exigência. Essa tática é muito importante porque cada aproximação do ponto crítico corresponde a uma oportunidade de levantamento da situação existente no seu interior.

Evite dirigir sua atenção às vítimas com muita frequência e não as chame de reféns

Ao dirigir com muita frequência sua atenção para as vítimas, o negociador poderá fazer com que os causadores da crise acreditem ter mais poder em mãos do que realmente têm. Nessas condições, a palavra *reféns* deve ser considerada como um tabu e, ao referir-se àquelas pessoas nas conversações com os causadores da crise, o negociador deve utilizar expressões eufêmicas, como, por exemplo: *as pessoas que estão com você; os funcionários do banco; e os homens e mulheres que estão aí.*

Seja o mais honesto possível e evite truques

A confiança mútua é fundamental para o êxito da negociação. Para que essa confiança se estabeleça, o negociador deve, desde os primeiros contatos com o transgressor, estabelecer um clima de harmonia e sinceridade entre ambos.

Se, porventura, o detrator desconfiar que o negociador está mentindo ou procurando enganá-lo, a negociação tornar-se-á praticamente inviável, com possibilidades de ocorrer um aumento de risco para os reféns, que poderão sofrer as consequentes represálias. Caso isso aconteça, o negociador cairá em descrédito e deverá ser substituído em definitivo.

Nunca deixe de atender qualquer exigência, por menor que seja

O perpetrador da crise está sob forte tensão emocional. Coisas que são triviais ou insignificantes para quem está do lado de fora do ponto crítico podem ser de vital importância para ele.

O Processo da Negociação

Consequentemente, solicitações como cigarros, água, papel higiênico, ou qualquer outra coisa semelhante, não custam ser atendidas e servem para manutenção do bom relacionamento com o negociador, além de serem um bom pretexto para se ganhar tempo.

Nunca diga a palavra *não*

Por mais absurda ou exagerada que seja uma exigência do perpetrador da crise, o negociador nunca deve responder *não*. Essa resposta seca e direta pode provocar uma reação violenta do indivíduo, existindo inclusive registros de casos em que os negociadores, após proferirem a negativa, receberam, como represália, tiros nas pernas ou até mesmo fatais.

Essa regra, contudo, não significa que o negociador vá dizer *sim*. Negociar não é capitular. O negociador pode perfeitamente responder que entendeu e anotou a exigência e que irá repassá-la aos demais policiais, para saber o que decidirão. Essa tática demonstrará a boa vontade do negociador, que poderá até ser visto pelos bandidos como seu intercessor junto às demais autoridades.

Procure evitar a linguagem negativa

A linguagem tem por objetivo a comunicação entre os seres humanos, portanto, quanto mais precisa for, melhor será o resultado da comunicação. O que é a palavra *não*? Uma abstração. O *não*, por si só, não diz nada; logo, o cérebro fixa-se no que vem depois do *não*. O uso de uma linguagem negativa provoca o comportamento a ser evitado. O foco de uma campanha deve estar no objetivo a ser alcançado e colocado em linguagem afirmativa.

As palavras *nunca, evite* e outras negativas têm o mesmo efeito de *não*.

Alguns exemplos para a ação:

EM VEZ DE:	USE:
Não pense em...	Pense em...
Não se preocupe.	Fique tranquilo.
Não entre em pânico.	Fique calmo.
Não se aborreça.	Esqueça, deixe passar.
Não quero perder tempo.	Quero aproveitar bem o tempo.
Não quero me atrasar.	Quero chegar no horário.
É proibida a entrada...	Só é permitida a entrada...

Procure abrandar as exigências

Esse é outro objetivo básico da negociação.

Se o causador da crise exigisse mundos e fundos e fosse atendido na hora, não haveria necessidade de negociação nem de gerenciamento de crises. A negociação existe para, entre outras coisas, tornar as exigências razoáveis. O abrandamento das exigências pode ser paulatino, a começar pelo prazo.

Assim, algo que é exigido para o prazo de uma hora, pode ser prometido para duas ou três horas, sob a alegação de uma dificuldade qualquer. Lembre-se de que os infratores estão isolados do mundo e, por essa razão, não têm condições de avaliar se o argumento ou pretexto alegados para a demora tem ou não fundamento.

Nunca estabeleça um prazo final e procure não aceitar um

O negociador não deve prometer que as exigências ou pedidos serão atendidos dentro de determinado limite de tempo. Por exemplo: que a garrafa d'água gelada será entregue dentro de dez minutos. Essa fixação de prazo oferece duas desvantagens:

A primeira é que se, por qualquer razão, o prazo não venha a ser atendido, isso poderá causar desconfiança do infrator na palavra do negociador.

O Processo da Negociação

A segunda é que, ao estabelecer ou aceitar um prazo final, o negociador trairá um dos objetivos da negociação, que é ganhar tempo.

Não faça sugestões alternativas

Se determinada exigência não for possível de ser atendida, o negociador não deve fazer uma sugestão alternativa, salvo se tiver a anuência do comandante da cena de ação.

Tal cautela evita que o transgressor tenha uma imagem do negociador como alguém inteiramente impotente ou irresponsável.

Não envolva não policiais no processo de negociação

A negociação, como integrante do processo de gerenciamento de crises, é assunto policial, não sendo recomendável a interferência de terceiros.

Não permita qualquer troca de reféns, principalmente não troque um negociador por refém

Trata-se de uma das três recomendações doutrinárias acerca da negociação. A troca de reféns em nada contribui para a solução definitiva do evento crítico, acarretando sérios questionamentos de ordem moral, além de proporcionar um aumento da tensão no interior do ponto crítico, devido à quebra da proteção psicológica conferida pela chamada *Síndrome de Estocolmo*.

Evite negociar cara a cara

É um risco que deve ser evitado, pois, além de não trazer nenhum benefício prático à negociação, expõe o negociador, que, durante os contatos com os causadores da crise, não deve portar a arma ostensivamente.

Os transgressores podem perfeitamente querer correr o risco de capturar o negociador para ter um trunfo mais valioso nas suas negociações com a Polícia.

Assim sendo, é sempre aconselhável manter uma distância de pelo menos dez metros nos contatos com os infratores. O negociador deve observar essa recomendação, principalmente se estiver posicionado num mesmo plano de terreno que os detratores ou não houver qualquer obstáculo físico que o separe deles.

3.4. Itens Envolvidos no Processo da Negociação

São os principais aspectos que podem ser estratificados para a elaboração das ações e soluções propostas:

- definição do tipo de crise;
- política de segurança x política organizacional;
- tecnologia e análise das técnicas e das táticas operacionais;
- análise contingencial;
- criticidade e capacidade de resposta;
- planejamento de medidas, condutas e respostas; e
- rotina de procedimentos e adequação operacional.

3.5. Conflito de Competência para a Negociabilidade

Constitui-se de áreas nebulosas que agravam as ações do negociador no ponto de criticidade. Geralmente incide na:

- estrutura - jurisdição sobrepostas em níveis de atuação das corporações envolvidas;
- chefia - responsabilidades funcionais e níveis de coordenação; e
- logística - direcionar recursos e meios adequados.

3.6. Condutas Operativas Recomendadas[4]

- ser receptivo e flexível ao lidar com as exigências;
- deixar o captor fazer a primeira oferta;
- esforçar-se para obter do captor algo em troca daquilo que for cedido, mesmo que seja uma promessa de mudança de comportamento;
- deixar o captor lidar com tudo o que receber;
- anotar todas as concessões, lembrando-o, se necessário;
- não aumentar as expectativas do captor, cedendo-lhe muita coisa antes do tempo;
- não ressuscitar exigências passadas, a menos que sejam vantajosas;
- estar preparado para sugerir alternativas;
- não considerar nenhuma exigência como insignificante;
- manter o captor tomando decisões, mas evite irritá-lo;
- fazer algumas concessões como prova de boa vontade;
- evitar medidas extremas;
- manter-se honesto; caso contrário, o processo de negociação estará severamente prejudicado;
- não perguntar o que ele quer, deixe-o fazer o seu pedido; e
- dar prioridade a reféns feridos, crianças e mulheres em suas barganhas.

---

4. A seção que se segue foi extraída do Guia de Apontamentos de Negociações de Crises com Reféns, produzido pela Academia Nacional do FBI. Quântico, Virgínia, EUA: SOP, 1992, pp. 19-20 (nota do autor).

Capítulo 4

4. A TOMADA DE REFÉNS

Este é o crime da atualidade. Indivíduos inescrupulosos utilizam pessoas inocentes para alcançar seus objetivos distorcidos, sem se preocuparem com o refém como ser humano. Veem em suas vítimas meros instrumentos que os auxiliarão na execução de um plano.

4.1. Tipos de Situações Envolvendo Reféns

Existem, basicamente, quatro tipos de situações envolvendo reféns:

- **situação crítica** - ocorre quando o indivíduo toma a sua família ou algum membro dela como refém, a fim de exteriorizar uma frustração ou descarregar neuroses. Pode ser que tenha ultrapassado seu limite de resistência a uma pressão interna ou externa. Tomar reféns, principalmente sendo familiares, é a forma que encontra para tornar pública sua carência e mostrar que é importante.

- **psicopatia** - geralmente, o psicopata procura impressionar. Grita com extravagância, demonstra fúria, não suporta a sociedade e suas regras. Assim como no caso anterior, seu propósito é mostrar posição de superioridade, querendo a atenção de todos, e utiliza-se do refém para tal. Quer manipular a sociedade e causar terror. Se é um anormal, pode ser divertido; se é um doente mental e sofre de alguma psicose, torna-se instável e extremamente perigoso. Pode ser que tenha concebido alguma ideia do porquê tomar reféns, que para ele é perfeitamente sensata, embora não seja para outras pessoas.

- **criminoso apanhado em flagrante** - nessa situação, quando o criminoso iniciou sua ação, não tinha a menor intenção de tomar reféns. Queria apenas praticar o seu delito e fugir, porém foi descoberto e está cercado. Não lhe resta outra alternativa: vê no refém a sua oportunidade de escapar dessa armadilha. Geralmente, todas as suas ações visam à sobrevivência; na maioria dos casos, não pretende matar. É o menos perigoso dos sequestradores.

- **terrorista ou fanático** - essas tipologias são, na maioria das vezes, profissionais, e geralmente têm propósito na morte como recompensa pelo seu intento.

O melhor método para o resgate de reféns é a negociação, porém deve-se ter uma solução tática para o problema, no caso de insucesso.

O primeiro passo em todas as situações envolvendo refém é a contenção. Enquanto se contém o ponto de criticidade e examina-se a cena de ação, deve-se obter o máximo de informações sobre o terreno físico utilizado na ação criminosa.

O plano para o resgate de reféns precisa ser flexível às variações, pois essas situações costumam mudar a cada minuto.

4.2. Refém

A condição de refém é caracterizada quando uma pessoa é tomada como segurança para o preenchimento de certos termos ou quando qualquer pessoa, sob ameaça ou uso de violência, é mantida cativa por alguém (ou um grupo de pessoas). O refém tem um valor real para quem o mantém cativo.

Alguns pontos precisam ser enfatizados nessas considerações:

- **primeiro, é importante entender as implicações do envolvimento de uma pessoa.** Um ser vivente, não um objeto inanimado, está em risco. Objetos inanimados podem ser usados para extorsão, mas é necessário uma pessoa viva para fazer um incidente com refém. A meta da negociação de reféns é o salvamento de vidas, não a preservação da propriedade. É assegurar as vidas e a segurança de reféns ameaçados, de policiais, curiosos inocentes e até mesmo dos próprios captores. A ênfase em salvar vidas humanas faz duas coisas para o negociador: aumenta o seu estresse, por causa do alto custo da falha, e atrai a atenção nas relações com as políticas e com o público, focando o drama de vida ou morte. Na maioria dos incidentes com reféns, a ameaça explícita ocorre em relação à vida deles. Não é a perda de propriedade, perda de *status*, ou perda de pertences que estará em risco para uma comunidade. O risco é a própria vida. O custo da falha em tais incidentes põe um estresse significativo nos negociadores. Incidentes que envolvem vida e morte têm um senso dramático. Os terroristas entendem e atuam nesse drama. Mídia, vizinhos, membros da família e amigos são atraídos para tais incidentes. A Polícia e os negociadores devem antecipar-se a esta atração e planejar para o gerenciamento deste público. Toda esta atenção faz a negociação de reféns ter uma alta visibilidade e, potencialmente, ter situações de alta responsabilidade, alto risco. Em razão desse interesse público, muitas Unidades da Polícia podem ser necessárias na cena. Pelo alto risco potencial, as equipes de negociação precisam ser bem treinadas e terem práticas.

- **segundo, é importante entender que a pessoa está tomada.** O refém não está lá voluntariamente. A tomada pode ser física ou psicológica, o impacto na pessoa é o mesmo. Uma pessoa é traumatizada pela sua falta de controle e dependência do sequestrador. O negociador precisa saber como gerenciar tanto o trauma quanto a Síndrome de Estocolmo.

- **terceiro, a pessoa tem utilidade.** A pessoa está sendo tomada como uma segurança ou como uma garantia. O refém é o valor do sequestrador, seu poder. E não tem nenhum valor como pessoa para o sequestrador. Parte do trabalho do negociador é personalizar o refém para o sequestrador. Isto tem que ser feito subitamente. No entanto, se muita atenção é direcionada para o refém, seu valor é percebido como muito alto. Isto dá ao sequestrador a percepção de mais poder. A meta do negociador é personalizar sem supervalorizar. O negociador precisa encorajar o desenvolvimento da Síndrome de Estocolmo.

- **quarto, a pessoa está sendo tomada como segurança para certos termos.** Isto significa que há um retorno esperado – uma vantagem para o sequestrador. O sequestrador tem certas necessidades que espera alcançar em retorno da segurança e/ou libertação do refém. O papel principal do negociador é achar termos alternados para o sequestrador. Cada tomada de reféns pode ser reduzida a dois elementos: quem são os sequestradores e o que eles querem? As negociações mais esses dois elementos formam a equação: o que eles irão receber e o que nós estamos dispostos a dar? Por exemplo, bem mais que a fuga, um tomador de reféns exige, durante uma tentativa de roubo frustrada, que o negociador deva testemunhar sobre sua cooperação na libertação do refém.

4.3. O Estado de Crise e a Condição de Refém

Uma crise ou incidente com refém ocorre quando um indivíduo procura evitar a sua detenção, capturando pessoas e ameaçando-as de lesões, com o intuito de deter ou fazer sucumbir a ação policial. Nesta situação, os mecanismos de controle da pessoa acuada não ajudarão a resolver a crise.

O indivíduo está agindo e respondendo sob uma imensa carga emocional, em lugar de uma conduta racional, frente a uma situação altamente estressante.

A situação é tida como uma ameaça às carências emocionais, psicológicas e físicas do indivíduo, gerando sintomas de retração, sentimento de isolamento e distância dos sistemas comuns de ajuda.

As características da crise são:

- mudança do convívio social;
- intensa reação emocional;
- falta de perspectiva;
- condução ineficaz de soluções de problemas;
- problemas físicos;
- comportamento impulsivo, improdutivo e frequentemente inapropriado; e
- capacidade reduzida de atentar aos fatos.

Vivendo momentos críticos, os reféns torcem para que tudo dê certo porque dos sequestradores depende a sua sobrevivência; os sequestradores, por outro lado, veem as vítimas como passaporte para a liberdade.

A sobrevivência dos dois grupos depende do comportamento que as vítimas adotam nos primeiros momentos da crise. As situações violentas provocam, quase que imediatamente, a perda da racionalidade e a explosão do emocional.

Dominando o lado emocional, as vítimas relacionam-se mais equilibradamente com o criminoso ou com a situação que estão vivendo. Assim, deixam de transferir para o sequestrador a expectativa de violência provocada por fantasias de perseguição.

Não se deve esquecer de que os sequestradores também estão sob forte emoção. A transferência dessas fantasias força-os a corresponder à irracional expectativa de violência.

Controlar o medo, portanto, é fundamental. Ao superar as fantasias, as vítimas criam um ambiente mais positivo, diminuindo a possibilidade de violência física.

Vítimas sem muita noção da realidade, como crianças ao entrarem em pânico, quase sempre saem-se melhor dessas situações.

Gritos ou choro convulsivo podem provocar a explosão emocional de assaltantes ou sequestradores. Atitudes ou gestos que se oponham à autoridade que os criminosos desempenham no momento, também causam tais situações.

Quando reféns, em casos de assalto ou sequestro, ficam presos durante muitos dias, uma síndrome peculiar (Síndrome de Estocolmo) manifesta-se, especialmente porque surge uma indefinição do papel da autoridade, que se mescla com o da vítima. Nos primeiros momentos da crise, porém, essa interação nunca ocorre. A racionalidade é sempre frágil, as emoções explodem de todo lado. Esses momentos são, por isso, os mais perigosos.

Finalmente, cumpre reconhecer que controlar o medo é sempre difícil, principalmente para aqueles que rejeitam o contato com a própria impotência. Esses tentam transformar-se em heróis e ninguém se acalma.

4.4. Tipologia dos Tomadores de Reféns e Gradação da Periculosidade

Na tentativa de auxiliar os gestores policiais nessa difícil tarefa de coleta de dados acerca dos tomadores de reféns, os estudiosos da disciplina *Gerenciamento de Crises* têm procurado desenvolver uma tipologia dos causadores de eventos críticos.

O Capitão Frank BOLZ JUNIOR,[5] do Departamento de Polícia de Nova Iorque, EUA, na sua obra *Como ser um refém e sobreviver*, classifica-os em três tipos fundamentais.

O primeiro deles é o criminoso profissional (ou criminalmente motivado). É o indivíduo que se mantém por repetidos furtos e roubos e de uma vida dedicada ao crime.

Essa espécie de criminoso, geralmente, provoca uma crise por acidente, devido a um confronto inesperado com a Polícia, na flagrância de alguma atividade ilícita. Com a chegada da Polícia, o indivíduo agarra a primeira pessoa ao seu alcance como refém, e passa a utilizá-la como garantia para a fuga, neutralizando, assim, a ação dos policiais.

O grande perigo desse tipo de causadores de eventos críticos está nos momentos iniciais da crise. Os primeiros quarenta e cinco minutos são os mais perigosos. Após esse período de tempo, vendo-se senhores da situação, esses denominados criminosos profissionais tornam-se até fáceis de lidar.

Representam a maioria dos casos ocorridos no Brasil.

O segundo tipo é o emocionalmente perturbado. Pode ser um psicopata ou simplesmente alguém que não conseguiu lidar com seus problemas de trabalho ou de família, ou que esteja completamente divorciado da realidade.

Estatisticamente, nos Estados Unidos, esse é o tipo de indivíduo que causa a maioria dos eventos críticos. Brigas domésticas, problemas referentes à custódia de menores, empregados revoltados

---

5. BOLZ JUNIOR, Frank. *How to be a hostage and live*. New York, EUA: Faber and Faber, 1987, pp. 47- 50.

ou alguma mágoa com relação a autoridade de destaque podem ser o estopim para a prática de atos que redundem em crises.

Segundo BOLZ JUNIOR,[6] essas situações são as mais difíceis de lidar. O nível de ansiedade e, muitas vezes, a própria racionalidade do elemento causador do evento crítico podem subir e descer vertiginosamente, *como uma montanha russa*, dificultando a negociação.

Não se possui, no Brasil, dados estatísticos confiáveis que possam indicar, com exatidão, o percentual representado por esse tipo de causadores de eventos críticos no universo de crises registradas no país.

O terceiro e último tipo é o terrorista por motivação política.

Apesar de não ostentar uma liderança estatística, como os emocionalmente perturbados, essa espécie de causadores de eventos críticos é, de longe, a que causa maior estardalhaço. Basta uma olhada nos jornais para se verificar as repercussões causadas por esse tipo de evento, ao redor do mundo.

É que pela própria essência desses eventos, geralmente cuidadosamente planejados por grupos com motivação política ou ideológica, a repercussão e a divulgação constituem, na maioria das vezes, o principal objetivo da crise, que se revela como uma oportunidade valiosa para críticas a autoridades constituídas e para revelação dos propósitos ou programas do grupo.

No Brasil, essa categoria de causadores de eventos críticos foi muito ativa durante o início da década de 70, no auge do regime militar, mas atualmente não se tem registro de ocorrências dessa natureza.

Uma subespécie dessa categoria de causadores de eventos críticos é o terrorista por motivação religiosa.

É muito difícil lidar com esse tipo de elemento, porque não pode haver nenhuma racionalização por meio do diálogo, o que praticamente inviabiliza as negociações. Ele não aceita barganhar as suas convicções e crenças.

---

6. BOLZ. JUNIOR. Op. cit., p. 68.

Quase sempre, o campo de manobra da negociação fica reduzido a tentar convencer o elemento de que, em vez de morrer pela causa, naquele evento crítico, seria muito mais proveitoso sair vivo para continuar a luta. Para esse tipo de fanático pode parecer, em dado momento, ser mais conveniente sair da crise carregado nos braços dos seus seguidores como um herói, do que no interior de um esquife como um mártir.

Seja qual for o tipo do causador do evento crítico, deve-se evitar, no curso da negociação, a adoção de posturas esteriotipadas com relação à tipologia e à motivação.

A classificação aqui apresentada, a par de suas imperfeições, deve servir apenas como um ponto de orientação na diagnose dos tomadores de reféns, dado o papel primordial que desempenham no processo de negociação.

4.5. Motivação da Tomada de Refém e a Reação Recomendada

Dependendo da motivação para a tomada de refém, o negociador precisa apresentar respostas adequadas (reações) para cada tipo de situação.

4.5.1. Motivação criminosa

A ação do criminoso com propósito de fuga e segurança pessoal é, geralmente, levada a efeito sem planejamento prévio e há interferência imediata da Polícia quando o crime está acontecendo. Sua motivação primeira é a fuga e a segurança pessoal.

4.5.1.1. Reação recomendada

- pode-se lidar com o detrator de maneira lógica, desde que sua personalidade seja relativamente normal e não esteja afetada por um problema mental ou alguma doença;

- não se envolva em gestos precipitados que possam provocar uma reação da parte dele contra os reféns;
- enfatize o ocorrido, a fim de que ele perceba que sua contínua intransigência não melhora a sua posição, especialmente se a fuga for impossível, e que qualquer mal causado aos reféns só vai piorar a situação;
- desencoraje-o da fuga e enfatize a garantia de segurança pessoal se houver a rendição;
- coloque a responsabilidade das decisões no detrator.

4.5.2. Motivação política

O detrator politicamente motivado e compromissado com uma causa, geralmente, caracteriza-se por uma personalidade racional, excetuando-se seu fanatismo. Sua personalidade é relativamente normal e não está afetada por problemas mentais ou defeitos. Sua dedicação prende-se ao seu meio, treinamento e educação. Ele vê a si mesmo como uma antítese do criminoso e como um patriota combatendo pela liberdade. A publicidade é um fator-chave na tentativa de chamar a atenção popular.

4.5.2.1. Reação recomendada

- pode-se lidar com os detratores de modo racional, desde que sejam compreendidos seus motivos. Estes detratores, entretanto, são altamente agressivos, fanáticos por uma causa e imprevisíveis. Se assassinarem os reféns no local da ação, as probabilidades de negociação bem-sucedidas serão incomensuravelmente reduzidas;
- evitar o acesso da mídia, a fim de eliminar a possibilidade de criação de mártires;
- avisar que exigências inegociáveis não serão cumpridas.
- julgar as ações do detrator do ponto de vista dele;
- avaliar o comprometimento do detrator com sua causa. As negociações forçá-lo-ão a tomar uma decisão no que

se refere a: escolher o martírio, matar os reféns, cometer suicídio, diminuir seus pedidos em um nível mais real de negociação, ou render-se.

4.5.3. Motivação por perturbação mental

O detrator mentalmente perturbado, que se torna alvo de uma reação especial, apresenta tipos mais variados possíveis. Ele também poderá estar criminal e politicamente motivado ou simplesmente perturbado, podendo ser caracterizado como se estivesse reagindo a alguma forma de esgotamento pessoal e como se tivesse escolhido uma forma bizarra de contrarreação a este estímulo.

Os comportamentos incluem qualquer das seguintes características:

- mudança no comportamento, tal como de uma calma profunda ao paroxismo;
- perda de memória;
- complexos de grandeza e perseguição;
- tem visões e ouve vozes de pessoas não presentes;
- extremamente suscetível e amedrontado quando ouve barulhos repentinos;
- impulsivo e altamente agressivo;
- pode ter uma ideia de missão para curar os males do mundo;
- alta ansiedade e sofrimento;
- reage à perda do objeto de seu amor de maneira violenta;
- sensação constante e irreal de seu próprio corpo e do meio;
- desilusões, alucinações, má-versão da realidade;
- perda de controle, imaturidade, perda de empatia, adaptação reduzida, estranheza, peculiaridade e introspecção;
- extremamente desconfiado, arrogante e hipersensível;
- suicida; e
- excitação, agressão e explosões de raiva.

4.5.3.1. Reação recomendada

Basicamente, deve-se identificar o estado de espírito do detrator e reduzir o impacto da reação comportamental identificada. As pessoas mentalmente perturbadas não conseguem perceber a missão de uma maneira racional e o tempo poderá trabalhar em favor de objetivos bem-sucedidos, como, por exemplo:

- utilize o que o detrator vê como uma tentativa lógica para reduzir seu próprio esgotamento;
- uma atitude calma deve prevalecer durante todo o tempo de contato com o detrator ou enquanto durar a crise;
- evitar a demonstração de força policial. Converse com ele em seu estado de excitação e esgotamento;
- sugira soluções para seus problemas;
- não tome partido;
- não demonstre medo;
- seja paciente;
- tente mostrar empatia;
- escute o que ele tem a dizer, mantenha-o falando e ajude-o a tomar decisões; e
- meça o grau de instabilidade emocional, utilizando informação prévia, observando seus gestos e comportamento.

Reações ao seu esgotamento, geralmente, serão julgadas como um ataque a ele e a outras pessoas, ou a um compromisso, ou a sua introspecção. Tente diminuir qualquer possibilidade de introspecção.

O mais importante é tentar reduzir o esgotamento do detrator.

Capítulo 5

5. SEQUESTRO

Etimologicamente, a palavra sequestro tem sua origem no vocábulo latino *sequestrare,* que significa apoderar-se de uma pessoa para exigir resgate, ou prender uma pessoa ilegalmente. Também era conhecido, na Antiguidade, com a denominação de plágio, termo que se refere a uma rede de pescar.

O sequestro constitui uma violação aos direitos humanos que atenta contra a liberdade, a integridade e a tranquilidade das famílias vítimas do crime. Portanto, o sequestro não só afeta a vítima, mas também a família em geral, considerando sua sujeição ao que os psicólogos chamam de *processo da morte suspensa,* que é a angústia que caracteriza o sequestro, e que se soma ao que os juristas chamam de *perda de liberdade.*

5.1. Perfil Psicológico do Sequestrador

Tentar entender o perfil psicológico de um sequestrador supõe fazer abstração momentânea das razões e justificativas que o plagiário tem para explicar o seu comportamento.

Os sequestradores expressam o seu comportamento aduzindo razões políticas, razões pessoais e outras que os compelem a fazer isto por uma situação econômica precária.

Os fatores que determinam a personalidade do sequestrador formam-se e consolidam-se no decorrer da vida. Tratam-se de experiências primárias internalizadas, próprias e intransferíveis que determinam o comportamento geral do sequestrador e explicariam, em parte, sua tendência à transgressão das normas sociais que regulam a comunidade em que habitam.

Os sequestros clássicos são planejados em várias fases, sendo que a fase do cativeiro é utilizada para controlar física e mentalmente o sequestrado para obter o benefício do resgate pretendido. Assim, os sequestradores são, potencialmente, capazes de executar as vítimas sem qualquer peso de consciência. Com sua atitude, buscam a desumanização psicológica da pessoa sequestrada, além de distanciá-la de sua personalidade, em razão da situação de cativeiro. Mas isso não significa que desistem ou desprezem a necessidade do sequestro. Pelo contrário, este tipo de sequestrador é professor da introspecção psicológica, capaz de capturar essas fraquezas do sequestrado e usá-las a seu favor.

O sequestrador obtém diferentes vantagens pelo fato de sequestrar. O sequestro é um ato de força que demonstra ter capacidade para controlar a liberdade de alguns membros da sociedade, visto que fica evidente a limitação do Estado de assegurar os direitos constitucionais de sua população. Estas vantagens dão para os sequestradores uma sensação de territorialidade e de autoridade dentro dos domínios de suas ações. Também há um ganho psicológico, que é a satisfação pessoal interna que sente ao ter êxito na realização de um sequestro.

5.2. A Negociação do Sequestro

Na maioria dos casos de negociação do sequestro, a família é informada do crime no mesmo dia dos fatos. Este período é conhecido, no jargão dos sequestradores, como *abrandamento*. Quando são os sequestradores, diretamente, que comunicam o sequestro, eles o fazem, preferencialmente, por telefone.

Quando a família é informada do sequestro, direta e imediatamente, diminui o tempo de ansiedade e de angústia, minimizando o resultado do impacto do primeiro momento. Assim que a família é informada, inicia-se a busca do contato com a Polícia e/ou com os sequestradores.

A característica mais comum é a de que os contatos entre os sequestradores e parentes acontecem em um ritmo irregular. Os contatos irregulares são uma das armas mais eficazes utilizadas pelos sequestradores para pressionar a família a realizar o pagamento do resgate.

5.3. Formas de Negociação

Realizado o crime e quando a vítima estiver em lugar seguro, os sequestradores imediatamente entram em contato com os familiares, pedindo, inicialmente, um valor que, se não forem imprudentes, podem reduzir até em 70% do pedido inicial. Para comunicar o fato, usualmente, utilizam cartas e telefonemas.

A carta pode ser simulada, variando entre muito bem escrita ou com erros bizarros. São incluídas ameaças, advertindo que os sequestradores pertencem a quadrilhas muito bem organizadas e não querem o envolvimento da Polícia no caso. Salientam a importância da vítima e dão um prazo relativamente curto para encerrar a negociação. É frequente utilizar o correio de outras cidades, com a pretensão de desviar a busca por parte da polícia.

Com relação às mensagens por parte da vítima, são escritos de próprio punho e letra, para comprovar sua existência (prova de vida) e as condições reais dos sequestradores.

O telefone tem vantagens, por evitar o contato pessoal, impedir um reconhecimento posterior, permitir a comunicação em qualquer momento e aumentar a rapidez na obtenção dos resultados. São substituídos, na atualidade, por telefonia celular, *beeper* e o uso de rádios. Quando o telefone convencional é usado, para evitar um possível rastreamento e localização do negociador por parte da Polícia, as ligações são feitas, geralmente, de telefones públicos, ou recorrem-se a truques técnicos.

5.4. Ações Recomendadas para a Negociação

- escutar mais do que falar;
- quando falar, faça-o detalhadamente, com perguntas abertas;
- repetir tudo o que o sequestrador falar;
- criar um clima de confiança e cordialidade;
- não se envolver emocionalmente;
- ter certeza de estar negociando com os verdadeiros sequestradores;
- exigir prova cabal de vida (perguntas pessoais);
- não pagar o resgate sem prova de vida;
- criar condições para barganhar o valor do resgate;
- nunca dizer não; e
- dispor de assessoria especializada em negociação de situações de sequestro.

Capítulo 6

6. A SÍNDROME DE ESTOCOLMO

A expressão *Síndrome de Estocolmo* é um mecanismo de tolerância tão involuntário quanto o ato de respirar.

6.1. Revisão Histórica e Perspectiva

Em 1973, Jean Erik Olsson e Clark Olofsson tentaram roubar o Banco de Crédito Sveriges, em Estocolmo, Suécia. Durante a tentativa de roubo, a Polícia foi avisada e os dois tomaram quatro funcionários do banco como reféns. Esse simples roubo terminou como um sequestro que durou mais de 130 horas. No decorrer da resolução da situação (na qual ninguém foi ferido), as autoridades ficaram surpresas quando os reféns demonstraram simpatia com os sequestradores e animosidade com os policiais. Os reféns recusaram testemunhar contra Olsson e Olofsson no julgamento, falavam a favor deles em público e até tentaram angariar recursos para pagar suas defesas. Alguns meses depois do incidente, uma das funcionárias do banco ficou noiva de Olsson.

Esse incidente deu um nome formal para uma síndrome psicológica, frequentemente observada em situações com reféns, denominada de *Síndrome de Estocolmo*.

Basicamente, a Síndrome de Estocolmo é uma reação emocional de pessoas tomadas como reféns e uma tentativa, ao menos inicialmente, de sobreviver. Conforme a situação progride, a Síndrome de Estocolmo torna-se menos uma reação de sobrevivência e mais uma reação de cópia e de costume. Mesmo depois de sua libertação, os ex-reféns continuaram vítimas da reação psicológica de cativeiro.

Há três componentes da Síndrome de Estocolmo. Primeiro, os reféns desenvolvem sentimentos positivos e afeição com seus captores. Segundo, os reféns desenvolvem atitudes negativas em relação à Polícia. Terceiro, no desenrolar da situação, os reféns têm empatia e compaixão para com os sequestradores. Os reféns estão em uma experiência comprometedora. De um lado, sua sobrevivência depende dos sequestradores. Por outro lado, dependem do resgate definitivo da Polícia. Isso coloca os reféns em uma situação de duplo perigo.

6.2. Formação da Síndrome de Estocolmo

Logo após o início da situação de refém e da sequência da fase de crise, os reféns começam a desenvolver sentimentos positivos para com os sequestradores. Inicialmente, há gratidão por parte dos reféns pelos sequestradores terem permitido que vivessem. Os reféns acreditam que devem gratidão aos sequestradores por não terem sidos mortos ou feridos. A gratidão dos reféns é um componente importante no desenvolvimento da Síndrome de Estocolmo.

Os sequestradores realmente têm o poder da vida ou da morte sobre os reféns e é só por causa de seu altruísmo que os reféns estão vivos. Se no início da situação os reféns sofrem algum tipo de violência (danos físicos por terem sidos feridos, havido disparos contra eles ou outro tipo de violência), essa gratidão é maior ainda.

Alguns autores veem essa gratidão como uma regressão à infância. Como uma criança com seu pai, os reféns não dependem dos sequestradores só para sobreviver, mas também para realizarem suas necessidades básicas (segurança, autoestima,etc).

Os reféns não dependem dos sequestradores só para as necessidades físicas, precisam de segurança emocional também. Esse é um processo psicológico traumático. Quando os reféns percebem que seu destino está entrelaçado aos sequestradores e percebem a extensão de sua completa dependência, tornam-se submissos e dóceis. O sequestrador torna-se, então, uma boa pessoa. A Psicologia chama essas mudanças comportamentais e atitudinais de *transferência patológica*.

Uma vez passada a fase crítica, os reféns pouco acreditam que serão soltos pela Polícia e não querem fazer nada antagônico aos seus captores ou algo que ponha em perigo sua libertação.

Para o refém, isso significa obediência, civilidade, concordância e submissão aos seus captores. O respeito mostrado, no entanto, faz mais que acalmar os reféns. Também acalma e diminui a ira dos sequestradores que começam a integrar as qualidades humanas.

Quando as partes começam a se tornarem humanas, os reféns percebem que os sequestradores são como todas as outras pessoas, não são monstros, e têm os mesmos desejos e necessidades que eles. Ao continuar da interação, os reféns percebem que os sequestradores são tão vítimas das circunstâncias quanto eles. Se for dada a oportunidade, os reféns até tentarão trabalhar com os sequestradores para resolver o problema com a Polícia. Isso pode significar algo como sugestões de exigências, possível solução para resolução do incidente ou estratégias que os sequestradores podem usar para derrotar a Polícia e lograrem fuga.

Finalmente, o estresse e a tensão inerentes a situações com reféns ajudam a Síndrome de Estocolmo. As pessoas em uma situação com reféns são um pequeno grupo, e como tal, reagem como qualquer pequeno grupo reagiria. Procuram se conhecer, formam alianças, unem-se e usam técnicas de solução de problemas que beneficiem o grupo.

Com o tempo, a autonomia individual desaparece e é substituída pela coesão do grupo. Se for permitido que se desenvolva (um fator que depende tanto do tempo, quanto do tratamento dos sequestradores), a Polícia terá que negociar com o grupo, e não com um sequestrador individualmente.

O negociador deve perceber que quando o indivíduo deixa de agir, o grupo inicia. Indicadores que isto está ocorrendo incluem frequentes mudanças ou indecisão sobre exigências, muitas pessoas falando com o negociador (especialmente se em conversações preliminares eram feitas exclusivamente com uma pessoa), atrasos longos ou hesitação em tomar decisões (notadamente se o sequestrador está constantemente voltado a você).

Se isso acontecer com regularidade, o sequestrador está provavelmente agindo em cumplicidade com os reféns e o pensamento em grupo tornou-se o método de eles negociarem. Neste ponto, o negociador terá que separar, através da percepção, o sequestrador, e reafirmar o seu papel de liderança. O negociador quer o refém, não um grupo aliado, trabalhando na resolução.

Esse ponto é um problema particular em situações em estabelecimentos penais. Quando os prisioneiros fazem reféns, eles já são um grupo. Todas as dinâmicas de grupo aqui discutidas ainda valem quando o negociador faz contato preliminar.

A primeira tarefa do negociador é identificar o líder e conversar com essa pessoa. O negociador deve estar preparado e trabalhar dentro das dinâmicas de grupo da situação para conversar com diferentes sequestradores, trocar exigências, demorar para tomar decisões (e até inversão de decisões), etc. No complexo penitenciário, ainda há o problema com reféns. Eles se conhecem, trabalham juntos e tentarão trabalhar juntos para livrarem-se da situação. Por exemplo, um carcereiro pode ser paralisado pelo medo e não tentar tomar qualquer ação para livrar-se ou escapar. Com um grupo de carcereiros, no entanto, o grupo pode fazer uma tentativa de escapar.

Novamente, com os reféns, as dinâmicas de grupo estão em prática no início do incidente, isso eleva o perigo para os reféns e aumenta a dificuldade para o negociador.

Outro componente da Síndrome de Estocolmo é o sentimento anti-Polícia por parte dos reféns. Uma parte do incidente do banco de crédito, que, geralmente, se faz vista grossa ou ignora-se, é o fato de que uma das reféns, Kristen Enmark, chamou uma estação de televisão e disse que estava com mais medo da Polícia do que dos sequestradores. Ela acusou a Polícia de brincar com a vida dos reféns e discutir repetidamente o caso de seus captores.

Há várias razões pelas quais os reféns podem se tornar inimigos da Polícia; e isto pode ser representado por diversas situações explicadas nos parágrafos que seguem.

Os reféns podem acreditar que a Polícia está prolongando o incidente, e se ela saísse, os reféns também poderiam sair. Para os reféns, não havia incidente até a chegada da Polícia, e a sua mera presença tornou-os vítimas. A Polícia não está agindo rápido o suficiente, portanto, é culpada, não os sequestradores.

As armas dos policiais estão mais apontadas para os reféns do que para os sequestradores. Os reféns são civis não familiarizados com o treinamento policial, procedimentos e táticas. Para o refém não há meios da Polícia diferenciá-lo dos sequestradores. Se a Polícia atirar ou assaltar o local, a percepção do refém é a de que tem as mesmas chances do sequestrador de ser ferido ou morto.

Esse medo pode piorar ainda mais se o sequestrador forçar o refém a mudar de roupa (uma ocorrência não incomum em situações com reféns). Em um nível puramente psicológico, a troca de roupa resulta na perda de identidade do refém como pessoa. Além disso, há um medo legítimo dos reféns de que a Polícia invada o local e o sequestrador comece a matar os reféns.

O medo da Polícia pode ser bem pior em uma situação de sequestro doméstico do que em qualquer outro tipo de situação com reféns. Os reféns são membros da família (ou ex-membros da família) do sequestrador. O medo da Polícia, experimentado pelos reféns, estende-se ao sequestrador. Nessas situações, os reféns podem se tornar muito envolvidos em assistir o sequestrador e fazer tudo que puderem para evitar os esforços da Polícia para resolver o incidente.

O sentimento anti-Polícia é reforçado quando os reféns são soltos, pela resolução ou como parte de um pacote de exigências.

É normal a prática de tratar os reféns como sequestradores pelas seguintes razões: sequestradores podem tentar escapar, colocando-se no lugar de reféns. Trocando roupas e cédulas de identidade, o sequestrador pode acreditar que uma maneira de evitar a prisão é agir como refém e libertar a si próprio durante uma troca exigida.

Não é incomum os reféns tentarem assistir os sequestradores. Se a Síndrome de Estocolmo desenvolveu-se, o refém sentirá uma maior empatia por seu captor do que pela Polícia. Se dada a oportunidade, ele tentará ajudar os sequestradores. O refém pode também tentar interferir nos procedimentos da Polícia do lado de fora. O ex-refém pode dar informações erradas ou falsas para a Polícia e pode tentar telefonar para o sequestrador, ou conversar com espectadores ou parentes. Qualquer uma dessas tentativas pode ser detrimental para os procedimentos de negociação.

A Polícia entrevista o refém para obter informações de inteligência sobre eventos que ocorram dentro da situação.

Se ainda há reféns e a Polícia invade o cativeiro, esses reféns podem não seguir as suas instruções e até interferir nas atividades do grupo de assalto; podem dar instruções para os sequestradores e agir como escudo para eles; podem fazer o contrário do que a Polícia pedir e até chegar a atacá-la.

É também componente da Síndrome de Estocolmo os sentimentos positivos dos ex-reféns pelos sequestradores, que, às vezes, recusam-se a cooperar com a Polícia, recusam-se testemunhar contra os captores, angariam fundos para defendê-los e trabalham para não deixá-los encarcerados.

Essas emoções podem ser grandiosamente reduzidas pelo grupo de negociação no interrogatório pós-incidente. Os efeitos retardados da Síndrome de Estocolmo irão desaparecer rapidamente. Dependendo da seriedade do incidente, pode levar semanas ou meses para o ex-refém voltar ao normal (em alguns casos foram constatados esses efeitos por anos). Um interrogatório emocional pode reduzir esse tempo para minutos na maioria dos casos. Uma explicação ao ex-refém é o maior fator na diluição e difusão de quaisquer efeitos residuais da Síndrome de Estocolmo.

Um componente final da Síndrome de Estocolmo é a relação positiva que se desenvolve entre o negociador e o sequestrador. Assim como com os reféns, o negociador e o sequestrador irão desenvolver uma relação positiva. Em vez de ser construída no medo, no entanto, essa relação é construída na confiança (*rapport*). O sequestrado deve acreditar e confiar que o negociador é verdadeiramente útil para resolver o incidente. Se essa confiança não se desenvolve, o negociador não fará progresso nessa resolução.

Para ganhar essa confiança, o negociador deve primeiro estabelecer princípios comuns, isto é, o negociador deve encontrar áreas comuns de interesse e aspectos da situação que os dois possam facilmente concordar.

Semelhanças familiares, *hobbies*, filmes, shows de televisão e atividades recreativas podem ser usadas para estabelecer princípios comuns.

O negociador não deve rejeitar diretamente nenhuma exigência feita pelo sequestrador. A resposta inicial do negociador deve desviar sua atenção da exigência. Se a exigência não é negociável e é a primeira ou única exigência do sequestrador, o negociador não deve evitar a exigência até que a confiança se desenvolva, e então, de uma maneira racional, explicar que a exigência não é negociável.

Assim que a relação negociador/sequestrador desenvolver-se, o sequestrador tornar-se-á dependente do negociador. Quando essa dependência se desenvolver, o negociador pode levar o sequestrador a uma resolução pacífica. Não deve ser estressante, mas baseada na confiança do sequestrador no negociador.

6.3. Promovendo a Síndrome de Estocolmo

Um negociador pode realizar várias ações para desenvolver a Síndrome de Estocolmo, especialmente entre o sequestrador e os reféns:

- **primeira, o negociador deve pedir ao sequestrador que dê o nome dos reféns.** Possivelmente, o nome dos reféns se tornará uma exigência negociável. No início das negociações, o sequestrador poderá estar relutante em divulgar o nome dos reféns. Com o passar do tempo e os ganhos do negociador em relação à confiança do sequestrador, ele irá naturalmente dar o nome dos reféns. Além de prover informações de inteligência, conhecer o nome dos reféns irá personificá-los para o sequestrador;

- **segunda, o negociador pode perguntar ao sequestrador para descobrir se há reféns com alguma doença ou lesão, se é necessária alguma medicação, se há alguma consideração especial a fazer, etc.** Os estágios iniciais das negociações, além de construir confiança, devem ser usados para personificar a relação entre os sequestradores e reféns. Se o negociador focalizar a conversa e atenção nos reféns, o sequestrador será forçado a considerar as necessidades dos reféns, portanto, personificando-os. O negociador deve ter cuidado para não superenfatizar a personificação dos reféns e aumentar a percepção de poder do sequestrador;

- **terceira, quando se referir às necessidades, inclua todas as pessoas.** O negociador deve focalizar na situação de grupo em vez da situação individual. Não deixe a situação tornar-se eu e eles para o sequestrador;

- **quarta, não usar o termo refém.** Deve-se referir aos reféns como pessoas, povo, ou outros termos personificados. Se o negociador souber os nomes de alguns reféns, referenciá-los nas conversações. O negociador pode pedir ao sequestrador para transmitir recados dos parentes, companheiros ou amigos próximos;

- **quinta, contar com a passagem do tempo.** Quanto mais tempo os sequestradores e reféns ficarem em contato uns com os outros, mais terão oportunidade de interagir e melhor será a probabilidade da Síndrome de Estocolmo desenvolver-se.

Se o sequestrador não está interagindo com os reféns, o negociador pode, geralmente, forçar essa interação. Por exemplo, se os reféns estão amarrados e amordaçados, o negociador pode sugerir que ele os desamarre, então danos físicos permanentes não ocorrerão.

Não forçar a passagem do tempo unicamente para desenvolver a Síndrome de Estocolmo, mas como outros fatores relacionados a situações com reféns; deve-se fazer do tempo um aliado.

6.4. Descobrindo que a Síndrome não está se Desenvolvendo

Embora o negociador não possa entrar na situação, algumas variáveis indicam que a Síndrome de Estocolmo não está se desenvolvendo:

- **primeiro, se o sequestrador mantém-se distante dos reféns.** Esse distanciamento não quer dizer necessariamente distância física, pode ser distância psicológica, como, por exemplo: o sequestrador pode não falar com os reféns ou pode olhar com desprezo toda vez que um refém disser algo, ou, ainda, o sequestrador aponta continuamente sua arma para os reféns;

- **segundo, se o sequestrador continuar a despersonalizar os reféns.** O sequestrador pode falar com os reféns usando termos menosprezantes e não humanistas;

- **terceiro, se o sequestrador tomar os reféns e não tiver contato com eles.** Se os reféns estão trancados em um quarto separado; se os sequestradores permutam na vigilância dos reféns; ou se os reféns estão amordaçados, amarrados, encapuzados, ou não estão face a face com o sequestrador, a Síndrome de Estocolmo não irá se desenvolver.

6.5. Mecanismo de Defesa e Cópia

Indiferentes ao desenvolvimento da Síndrome de Estocolmo, reféns reagirão de uma maneira diferente ao seu cativeiro. As reações dos reféns, de alguma maneira, influenciarão no desenvolvimento da Síndrome de Estocolmo.

Nas fases de pré-crise e crise, os reféns, inicialmente, estarão assustados e em pânico. Tentarão negar a realidade da situação. O medo desses reféns poderá ser tão profundo que chega a paralisá-los e a levá-los a negarem a realidade da situação.

Durante esse período, os reféns estão em confronto com quatro ameaças: uma situação prolongada e que põe em risco suas vidas; ameaça de ferimentos corporais; ameaça de segurança; e repetidas ameaças a sua própria imagem.

Além disso, os reféns são confrontados com um desamparo prolongado e encaram episódios que já ocorreram em eventos aterrorizantes. Alguns reféns podem experimentar uma sobrecarga sensível e até alucinógenos, que podem produzir efeitos físicos, tais como choque, distorções do tempo, perda de orientação espacial e social, de sede e de fome extrema, assim como os efeitos emocionais do pânico, ansiedade e até paranoia. O pânico inicial experimentado pelo refém é logo substituído por confusão e desamparo.

Uma vez passada a reação inicial, os reféns começam a estabilizar-se física e emocionalmente e empregam várias estratégias na tentativa de sobreviver à situação. Nem todos os mecanismos de defesa e estratégias de cópias empregadas, no entanto, ajudarão o refém a sobreviver. Alguns desapropriados podem, de fato, aumentar a probabilidade do refém ser ferido ou morto. Na sua tentativa de sobreviver, no entanto, os reféns tentam diferentes estratégicas de adaptação.

Adaptação é a tentativa de vários comportamentos e estratégias reduzirem o estresse e maximizarem as chances de sobrevivência. Para adaptarem-se, os reféns empregarão vários mecanismos de defesa e estratégias de cópias.

A Síndrome de Estocolmo

Mecanismo de defesa são respostas psicológicas inconscientes usadas por um refém para reduzir o perigo da situação e a ansiedade emocional.

Cópia é o uso da inovação por parte do refém para ajustar seu comportamento a uma dinâmica, mudando o ambiente.

Os reféns empregarão o mecanismo de defesa e o mecanismo de cópia no intuito de maximizar suas chances de sobrevivência. Novamente, nem todos serão benéficos. Alguns reféns, os que priorizam experiências de vidas, serão mais hábeis para adaptarem-se e enfrentar a situação que quaisquer outros reféns.

Algumas variáveis que, no geral, preveem como os reféns reagirão incluem:

- **idade:** reféns mais velhos reagem melhor que os mais novos;

- **educação:** os mais educados reagem melhor;

- **afiliação:** reféns que podem interagir reagem melhor;

- **duração do cativeiro:** quanto mais longo o cativeiro, pior serão as habilidades de cópia;

- **priorizar experiências de vida:** aqueles que experimentam o estresse na base do seu dia a dia e estão acostumados a mudanças e imprevistos reagem melhor que os outros;

- **treinamento:** aqueles treinados em situações de reféns (algumas empresas internacionais, cadeias e penitenciárias regularmente treinam seus empregados em o que esperar se tomado como refém) reagem melhor que os outros;

- **relações sociais:** reféns que possuem relações sociais bem formadas reagem melhor que os outros reféns;

- **perspectiva espiritual:** reféns que praticam e participam de atividades religiosas reagem melhor que os reféns não religiosos; e

- **depressão:** reféns que sofrem de qualquer tipo de depressão antes de terem sido tomados como reféns não reagirão tão bem.

Assim que a fase crítica minimizar e a situação evoluir para a estabilidade, os reféns empregarão vários mecanismos de defesa. Tais mecanismos de defesa particular empregados por qualquer refém são naturalmente uma função da sua personalidade. Assumindo que o refém é um indivíduo emocionalmente equilibrado, é certo que os mecanismos empregados irão beneficiá-lo a sobreviver.

Um mecanismo de defesa benéfico é a intelectualização, que ocorre quando um refém remove os componentes emocionais da situação e usa o pensamento lógico e racional para analisar sua condição. Esse refém examinará os fatos da situação e ignorará os componentes emocionais do incidente. Usando a intelectualização, sentirá menos estresse e será o refém que ajudará os outros reféns durante e depois do incidente. Ele também pode beneficiar a Polícia, provendo inteligência; pode controlar os outros reféns durante o assalto e assistir no procedimento após o incidente.

Outro mecanismo de defesa benéfico é a elaboração criativa ou uso da fantasia. O refém engajado na elaboração criativa é hábil para mental e emocionalmente remover-se da situação e focalizar pensamentos, momentos e situações mais felizes.

Mais um mecanismo de defesa benéfico é o humor. Os reféns tentarão achar ou criar aspectos humorísticos da situação. Esse humor geralmente tem características bizarras. O refém pode, por exemplo, imaginar seus captores vestidos em roupas de palhaço; criar nomes humorísticos para seus captores; e até fazer brincadeiras sobre a Polícia.

Os reféns também podem engajar-se em mecanismos de defesa prejudiciais ao seu bem-estar emocional ou à sua sobrevivência.

A Síndrome de Estocolmo

Um desses mecanismos de defesa é uma reação contra fobia, que através do comportamento, causará respostas opostas àquelas necessárias para sua sobrevivência. Eles podem ameaçar os sequestradores, discutir ou tentar resistir fisicamente.

Isso pode tornar-se um problema particular em situações de prisões em que carcereiros são tomados como reféns. Os carcereiros podem se sentir obrigados a reagir, lutar ou tentar resolver a situação por outros meios.

Outro mecanismo de defesa prejudicial é a reação de negação. O refém continuará a recusar a sua situação de refém, podendo ir tão longe que até tentará, fisicamente, sair da situação. Isso pode tornar-se verdade especialmente em situações domésticas. Os parentes recusarão a acreditar que um ente querido (ou querido antes da situação) poderia realmente ameaçar feri-los.

Um outro mecanismo de defesa prejudicial é a formação de reação. O refém, usando a formação de reação, tomará atitudes e demonstrará emoções opostas daquelas que qualquer um poderia acreditar. O medo torna-se admiração pelos sequestradores. Em situações domésticas, o membro da família/refém pode falar com termos fortes do seu ódio pelo sequestrador, enquanto na realidade tem amor. Reciprocamente, o sequestrador pode usar a formação de reação nesta situação. O negociador (ou consultor mental) deve proceder com cuidado e determinar se este é o caso, ou se o sequestrador realmente odeia o membro da família.

Além do uso de vários mecanismos de defesa, o refém, que está se ajustando à sua situação, empregará também uma variedade de estratégias de cópia:

- **primeira, o refém deve ceder o controle da situação ao sequestrador.** Isso permite aceitar a realidade da situação e reduzir a probabilidade de ser ferido ou morto.

- **segunda, o refém controlará suas emoções.** Sem considerar o medo, a ansiedade ou a raiva, o refém que copia irá permanecer neutro em relação aos seus captores.

- terceira, o refém que copia engajar-se-á num papel de repetição; tentará adivinhar e prever o futuro, e repetir mentalmente o que fazer em várias situações.

- quarto, o refém juntará todas as informações detalhadas sobre o local, os sequestradores, os outros reféns; manter-se-á informado sobre o que a Polícia está fazendo e continuar ativo nas dinâmicas da situação.

- quinto, o refém que copia engajar-se-á em vínculos positivos e formará relações com os outros reféns. Em suma, este refém formará seu próprio grupo de suporte.

- **sexto, e possivelmente o mais importante, o refém desenvolverá e memorizará um propósito de sobrevivência.** Por exemplo, entre os prisioneiros de guerra, os que terão mais chance de sobreviver serão aqueles que, logo no início do cativeiro, desenvolveram uma razão para viver. Essa razão pode ser quase nada, de querer vingança até querer viver para contar ao mundo o que experimentou, ou querer ver as pessoas amadas novamente.

Resumindo, os reféns que empregam as estratégias de cópia estão se preparando para sobreviverem sendo reféns.

Devem usar estratégias de cópia focalizando a emoção ou estratégias de cópia focalizando o problema.

Estratégias focalizando a emoção são direcionadas a reduzir as emoções da situação. Devem envolver revogação, relaxamento, redirecionamento, negação, pensamento positivo e atividades que chamem atenção, tais como buscar suporte social.

Estratégias focalizadas no problema referem-se ao ambiente do refém e devem envolver o uso de inteligência, informação e instruções relacionadas aos arredores para diminuir emoções negativas. São usadas na tentativa de reduzir o impacto emocional da situação.

Os reféns que usaram estratégias focalizadas na emoção reagiram melhor que os reféns que usaram estratégias focalizadas no problema.

6.6. Reféns Sobreviventes e os que Sucumbem

O FBI (1987) dividiu os reféns em duas categorias: os que sobrevivem e os que sucumbem.

De acordo com essa tipologia, os sobreviventes engajaram-se em atividades físicas e mentais que maximizaram a chance de sobreviver a uma situação de refém, enquanto os que sucumbiram engajaram-se em atividades que aumentaram a probabilidade de serem feridos ou mortos.

Os sobreviventes devem engajar-se numa variedade de atividades. Tentam misturar-se com os outros reféns, não fazem nada que os coloque contrários aos seus captores e não tentam a liderança. Aceitam a submissão e obedecem a ordens. Eles contêm e escondem qualquer ódio, raiva ou desprezo que sintam contra seus captores. Não fazem comentários inflamantes, não usam linguagem hostil nem discutem sobre religião, política ou leis. Controlam sua aparência exterior e projetam um comportamento de confiança e autoestima (embora não ostentem isso). Concentram-se na sobrevivência e em fazer o que é necessário para sobreviver, projetam uma atitude mental positiva e demonstram fé na Polícia. Fazem uso da fantasia e dos sonhos para passar o tempo. Sempre que possível, mantêm sua rotina normal (isto é, vão ao banheiro na mesma hora que iriam normalmente, comem, se possível, quando normalmente comeriam, etc.) e formam afiliações com os outros reféns. Aceitam o fato e ajustam-se como a situação e as circunstâncias ditam. Usam o humor e a imaginação para ajudá-los a reagir emocionalmente.

Os que sucumbem, por outro lado, fazem o contrário dos sobreviventes. Fazem questão de reagir, e isso pode incluir ser muito subserviente e muito complacente, assim como resistir a eles. Querem ser os líderes da situação e demonstram claramente seu ódio pelos captores. Concentram-se na retaliação e claramente informam seus captores deste fato. Isso serve para aumentar o nível de ansiedade de todos na situação. Acreditam que foram esquecidos por todos *do mundo lá* fora e que a Polícia não está interessada em salvar suas vidas. Em vez de olharem para os aspectos potencialmente positivos de sua situação, os que sucumbem focalizam o desespero da situação e não se afiliam com os outros reféns. Não percebem que são vítimas das circunstâncias; em vez disso, constantemente questionam porque foram tomados como reféns; deixando a depressão superar o bem-estar emocional. Permanecem na seriedade e morbidez da situação. O futuro só promete ser negativo.

Em suma, os que sucumbem são exatamente o oposto dos sobreviventes.

6.7. Importância da Síndrome de Estocolmo

Embora isso possa tornar o trabalho do negociador mais difícil, ele deve tentar permitir que a Síndrome de Estocolmo se desenvolva. Se os sequestradores e os reféns passarem a se ver como pessoas reais, com problemas reais, como pessoas com desejos similares, necessidades e vontades, e como vítimas, os reféns estarão menos propensos a serem feridos.

Do mesmo modo, o negociador deve empenhar-se em desenvolver a Síndrome de Estocolmo entre si e o sequestrador. Essa relação é construída na base da confiança. Cada refém reagirá diferentemente ao fato de ser refém. Alguns reagirão e se adaptarão melhor à situação que outros. Alguns empregarão estratégias desenhadas para maximizar sua sobrevivência, enquanto outros engajar-se-ão num comportamento de autodestruição.

O negociador deve checar as condições físicas e emocionais dos reféns e fazer o possível para assegurar a libertação daqueles que não estão se adaptando e reagindo bem.

Capítulo 7

7. RELAÇÕES COM A MÍDIA

O que as pessoas veem, escutam ou leem na mídia embasa as percepções de sua realidade. Em efeito, as suas percepções formadas pela mídia tornam-se sua realidade. Se a mídia é útil ou prejudicial, depende da relação que a Polícia desenvolve com ela e os acordos que alcança antes de um incidente com reféns.

A mídia sempre teve um papel controverso nos dramas com reféns. Ela tem provado ser útil e também ser um obstáculo, isso depende, na maior parte, de como a Polícia trabalha com a mídia, antes, durante e depois de um incidente com reféns.

Os gestores da Polícia devem trabalhar com os executivos da mídia em um nível local, para desenvolver diretrizes para ambos. As unidades policiais devem designar relações públicas para desenvolver ações com a mídia antes dos incidentes com reféns; só assim, durante os incidentes, uma atmosfera de confiança mútua e respeito prevalecerá.

Por meio de esforços cooperativos, a Polícia e a mídia podem trabalhar para desenvolver o seu papel de preservar a segurança pública enquanto também atendem às necessidades de manter a população informada.

7.1. Problemas Comuns a todos os Tipos de Situações de Reféns

Incidentes com reféns são interessantes para a mídia porque são conflitos nos quais há sempre o risco de ferimento ou morte.

A maneira como a notícia é reportada é ditada pela política editorial e pela natureza da mídia na qual os repórteres trabalham. Às vezes, o requerido pelo trabalho dos repórteres entra em conflito com as necessidades da Polícia, e as tensões aumentam entre os dois grupos.

Experiências mostram que, em incidentes de crise, os negociadores têm tido vários problemas com a mídia. Entre eles estão:

- entrevistas com amigos, familiares dos infratores ou das vítimas, testemunhas, políticos, autoridades e reféns libertados, tudo que possa ser crítico no caminho da Polícia em dominar o incidente;
- especulação inflamatória sobre o que a Polícia está fazendo.;
- cobertura ao vivo da crise;
- microfones armados, focando as sessões de planejamento ou negociação;
- transmitir falsas informações sobre o incidente; e
- tornar-se intruso na cena de ação.

A maioria destes problemas são atividades que invadem a operação em progresso. Elas trazem maior dificuldade para a Polícia acalmar o detrator e resolver o incidente sem letalidade.

A Polícia deve avaliar que essas invasões são vistas pela mídia como esforços legítimos na realização de seu trabalho, ganhando informações para reportá-las.

Se a Polícia puder prover estes elementos de informação de uma maneira pontual, verdadeira e cooperativa, os representantes da mídia estarão geralmente satisfeitos. Para prover as necessidades da mídia durante um incidente com reféns, um policial deve assumir o papel de relações públicas.

É interessante que cada Unidade possua um policial com treinamento e experiência na comunicação com a mídia, pois nem todo policial pode ser relações públicas. Esta função requer uma pessoa que possua tanto motivação quanto a habilidade para o serviço.

A motivação exige uma pessoa que veja a necessidade desse serviço, aprecie e entenda as solicitações da mídia e sinta-se confortável comunicando-se com ela.

A habilidade exige uma pessoa que seja articulada tanto na expressão oral quanto na escrita, que tenha um trabalho de entendimento das necessidades da mídia e que possa trabalhar com diferentes elementos sob condições de estresse.

7.2. Diretrizes para o Incidente

Algumas áreas precisam tanto de um pré-planejamento quanto da prioridade de diretrizes acordadas para o incidente. Elas incluem:

- segurança do pessoal da mídia na cena;
- os tipos de informações que podem ser concedidas, respeitando-se os aspectos legais, morais e éticos;
- procedimento para a concessão de informações;
- acesso da mídia ao local antes e depois da sua resolução segura; e
- facilidades para os representantes da imprensa durante o incidente;

7.3. Atuação no Local da Criticidade

Assim que o pessoal da Polícia estabelecer os perímetros interno, externo e posto de comando, eles precisam designar uma área da mídia.

Mesmo antes de os representantes da mídia chegarem ao local, um policial precisa ser designado para a responsabilidade de interceptar os representantes e escoltá-los até a área designada. O policial precisa dar aos representantes da mídia um breve resumo do que aconteceu no local e alertá-los de que todas as informações necessárias estarão com eles em um breve espaço de tempo.

7.4. Durante o Incidente

Periodicamente, o relações públicas precisa atualizar a mídia. Sempre que existir mudanças observáveis na situação, a mídia deverá ser informada. Isto evitará a especulação a respeito da natureza das mudanças da situação e a veiculação de informações imprecisas. Isto também permitirá que a Polícia solicite a cooperação dela no tocante a resguardar algumas imagens e alguma cobertura quando mudanças táticas precisam ser disfarçadas ou não observadas. Até mesmo quando não exista nenhuma mudança observável no estado do incidente, o relações públicas ainda precisa dar à imprensa qualquer informação nova que ele possa ter.

Um tipo de informação útil para ser concedida versa sobre mudanças positivas nas negociações. Se o incidente passou do estágio de crise para o estágio de acomodação/negociação, o relações públicas pode conceder informações como: *nesta última hora, o incidente acalmou-se consideravelmente. O sequestrador e os negociadores da Polícia começaram a discutir diferentes aspectos da situação e parecem entrar em uma solução pacífica para o incidente.*

Uma questão que diz respeito à mídia no local da crise refere-se a incidentes em presídios ou cadeias, nos quais ela pode fazer parte do ritual de rendição.

Quando isso ocorre, alguns aspectos sobre sua participação na resolução do incidente devem ser considerados: detalhes da rendição com os sequestradores devem ser articulados, que tipo de mídia estará envolvida (jornal, rádio, televisão), quantas e quais serão as câmeras utilizadas, que tipo de notas serão concedidas para serem impressas, como será especificamente a rendição e qual é o exato papel da mídia nessa rendição.

Uma vez que todos esses detalhes tenham sido organizados, os representantes da mídia devem ser conduzidos até a presença dos policiais desse incidente e explicado como será realizado o plano de rendição. Esta explanação deve conter o acordo de rendição em detalhes e voluntários devem ser requisitados dentre os representantes da mídia.

Deve ser esclarecido a esses representantes qual o exato papel que irão desempenhar; o que se espera deles; o que será permitido e o que não será permitido que façam.

Deve ser esclarecido também que há algum perigo nisso. Essa explicação pré-rendição deve, se possível, incluir o diretor do estabelecimento prisional e o gerente da crise.

7.5. Depois do Incidente

Depois que o incidente tenha sido resolvido, o relações públicas deve agir como o porta-voz da Polícia ou deve organizar entrevistas com o pessoal-chave que esteve envolvido no incidente.

A mídia, geralmente, prefere fazer essas entrevistas com as pessoas que estiveram envolvidas diretamente no incidente, então o relações públicas deve organizar entrevistas com o comandante de área, negociadores ou pessoal tático.

É útil para os policiais que farão parte dessa entrevista, ter algumas diretrizes. O relações públicas pode, antecipadamente, falar com eles sobre o que é e o que não é recomendado numa entrevista.

Capítulo 8

8. EQUIPE DE NEGOCIAÇÃO: VISIBILIDADE OPERATIVA

8.1. Negociador

Como já citado anteriormente, a função do negociador é de extrema importância, fazendo com que os policiais escolhidos sejam bem treinados e dotados de características pessoais bem peculiares. Dentre essas características, destacam-se:

- conhecimento global da Doutrina de Gerenciamento de Crise;
- possuir maturidade emocional, aceitar ser exposto a abusos e declarações insultuosas, sem respostas temperamentais;
- deve manter a serenidade quando os circundantes a tiverem perdido;
- deve ser um bom ouvinte e ter excelente habilidade como entrevistador;
- deve ser o tipo de pessoa que facilmente conquiste credibilidade;
- deve ter habilidade para convencer os outros de que seu ponto de vista é aceitável e racional;

- deve ter um raciocínio lógico, senso comum e ter experiência com o trabalho policial nas ruas; e
- deve concordar com a Doutrina Básica da Negociação e, ainda, aceitar o fato de que, se a negociação, por qualquer motivo, não prosperar e havendo risco para as pessoas envolvidas, deverá auxiliar na preparação da ação de assalto.

Além disso, também é exigido respeitabilidade e confiabilidade; espírito de equipe; disciplina; autoconfiança e perspicácia.

Essa listagem constitui-se, no conjunto, aquilo que poderia ser considerado como o perfil do negociador ideal.

Evidentemente, existirão muitos bons negociadores em que faltem algumas dessas qualidades, mas é óbvio que algumas são essenciais, não podendo faltar em nenhum negociador, como é o caso da respeitabilidade, confiança, comunicabilidade, experiência profissional e conhecimento das técnicas de negociação e da doutrina de gerenciamento de crise.

8.1.1. Considerações para a seleção do negociador

- experiência de vida e de atividade policial de rua;
- boas habilidades de ouvinte;
- bom entrevistador;
- boa oratória;
- trabalhar em grupo;
- estabilidade emocional e psicológico;
- flexível;
- calmo em situações estressantes;
- não pertencer ao grupo tático, mas conhecer ações táticas; e
- não deve ter responsabilidade de comando durante os incidentes.

8.1.2. Formação da memória do negociador

- não emita opiniões;
- não analise;
- evite sermão;
- evite dar importância;
- evite ser moralista; e
- evite dar conselhos.

8.2. Equipe ou Grupo de Negociação

A função de negociador, além das habilidades inatas e do conhecimento técnico, exige grande concentração no transcorrer de uma ocorrência com reféns localizados.

Conforme já foi observado, é da natureza de uma ocorrência com reféns, negociações longas, tensas e, consequentemente, desgastantes. Além do cansaço físico, pode ocorrer o cansaço mental e, assim, a redução do desempenho do negociador.

Dessa forma, é fundamental que o negociador não atue sozinho, mas junto a uma equipe ou a um grupo de negociação. Um dos modelos de composição bastante adequado para a realidade brasileira, nas situações de crises com reféns, é o do FBI, tradicionalmente adotado por várias organizações policiais.

Basicamente a sua constituição tem o negociador principal, o negociador secundário ou reserva, o líder de negociação, o elemento de ligação tática e o profissional da saúde mental, que, sinteticamente, executam as seguintes atribuições:

- **Negociador principal:**
  - fala com o suspeito; e
  - desenvolve as informações de inteligência.

- **Segundo negociador:**
  - monitora as negociações;
  - mantém relatório do que ocorre de importante;
  - fornece ao negociador principal tópicos para discussão;
  - fornece apoio emocional ao negociador principal; e
  - estará em condições de substituir o negociador principal.

- **Líder de negociação:**
  - monitora as negociações;
  - será o elemento de ligação com o gerente da crise e o comandante tático; e
  - fornece estrutura aos negociadores.

- **Apoio de inteligência:**
  - mantém os papéis com incidentes críticos;
  - coleta dados e informações essenciais; e
  - vigilância do quadro situacional.

- **Elemento de ligação tática:**
  - não precisa ser negociador, mas conhecer os procedimentos; e
  - leva informações ao grupo tático e traz informação ao negociador principal.

- **Profissional da saúde mental (consultor técnico):**
  - avalia o estado mental do suspeito;
  - recomenda técnicas de abordagens psicológicas;
  - não negocia;
  - só fornece apoio;
  - psicólogo ou psiquiatra; e
  - deve ser treinado antes que faça parte da equipe.

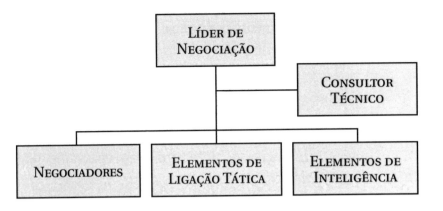

Modelo sugerido para a equipe de negociação

8.2.1. Erros comuns cometidos por grupos de negociação

São aqueles oriundos de intercorrências nos procedimentos operacionais, no treinamento e nas ações gerenciais, como:

- falta de comunicação entre o grupo de negociação e o grupo tático;
- ausência de confiabilidade entre os elementos operacionais;
- deficiência na obtenção de informação e divulgação;
- improvisação a reboque dos fatos e pressões;
- desconhecimento da avaliação de outros negociadores envolvidos;
- permitir que, preliminarmente, o negociador principal procure uma negociação cara a cara;
- permitir que o consultor técnico se transforme em negociador principal;
- adotar normas de seleção e procedimentos inadequados;
- deficiência de negociadores suficientemente treinados;
- divergências não trabalhadas;
- ausência de debate interno;
- não treinar todos os membros da equipe;

- falta de treinamento contínuo e atualizado;
- não realizar estudo de casos;
- o líder do grupo não é qualificado para o manejo da negociação;
- permitir que o chefe do grupo tático assuma o controle da negociação;
- demonstrar instabilidade nas posturas assumidas;
- gerar intervenções excessivas (participação direta nas negociações);
- restringir as ações do negociador, limitando a sua atuação;
- desconhecer o processo gerencial participativo através do gabinete de gerenciamento de crise; e
- deixar de observar as recomendações doutrinárias no processo da negociação de crises com reféns.

8.3. Logística Básica Operativa

Tem por objetivo dotar a equipe de negociação dos recursos indispensáveis à sua atuação, como, por exemplo:

- papel para anotações, caneta, lápis, fichários, pincel atômico, prancheta, relógio à pilha, questões para reféns;
- gravadores com baterias;
- caixa com fitas virgens;
- adaptadores para telefone;
- megafone;
- lanternas;
- equipamentos de telefonia;
- colete identificador de Polícia;
- colete balístico;
- papéis grandes (embrulho);
- capa de chuva;
- fitas adesivas; e
- outros a critério de cada equipe.

Capítulo 9

9. TÉCNICAS E TÁTICAS DE NEGOCIAÇÃO

9.1. Considerações Iniciais

A negociação é quase tudo no gerenciamento de crises. O negociador tem um papel de suma responsabilidade no processo de gerenciamento de crise, sendo muitas as suas atribuições.

Faz parte das crises policiais recentes, no cenário brasileiro, a utilização de religiosos, advogados, políticos, secretários de segurança pública e até governadores como negociadores.

Essa tarefa de negociação não pode ser confiada a qualquer pessoa. Dela ficará encarregado um policial com treinamento específico, denominado de negociador.

9.2. Objetivos

O objetivo principal consiste em que a situação crítica seja resolvida com a libertação dos reféns e a prisão dos causadores do evento, sem que haja perdas de vidas humanas.

Os objetivos específicos são aqueles desenvolvidos pelas ações técnicas do negociador, que possibilitam identificar os tomadores de reféns, diminuir a tensão do ambiente, abrandar as exigências, fazer o tempo passar, buscar informações e atuar taticamente para a invasão do ponto crítico.

9.3. Critérios de Ação na Negociação

São os norteadores para o processo de negociação. A Doutrina de Negociação de Crises com Reféns recomenda três critérios, a saber: critério da necessidade; critério da validade do risco; e o critério da aceitabilidade legal, moral e ética.

9.3.1. Critério da necessidade

Toda e qualquer decisão só deve ser adotada se for indispensável e deve responder à pergunta: isto é realmente necessário? Como exemplo, cita-se o caso do Centro Penitenciário Agrícola de Goiás (CEPAGO): os tomadores de reféns pediram menos e receberam mais do que exigiram. Forneceram mais alimentos do que foi pedido, a intenção era manter os detratores calmos. No final, acabaram concedendo mais armas do que exigiram inicialmente.

9.3.2. Critério da validade do risco

Toda e qualquer decisão só deve ser adotada se a possibilidade de reduzir a ameaça for maior que os perigos a correr. Pode-se referenciar a ocorrência de Munique, Alemanha, 1972: a morte de um policial, de todos os onze atletas e dos sequestradores. Tal risco assumido não foi compensado pelo resultado.

9.3.3. Critério da aceitabilidade legal

Todo e qualquer ato ou decisão deve estar amparado em lei, não cabendo, em nenhuma hipótese, justificar uma ilegalidade praticada, por melhor que seja a intenção do administrador da crise. Não cabe, portanto, crítica à Polícia que deixa de abater um captor, porque em determinados momentos ele se expõe. Só justifica-se tal atitude se houver a certeza de que o delinquente irá executar alguém. Escolheu-se o caso do ônibus 174, Rio de Janeiro, ocorrência que teve, imediatamente, dos diversos técnicos de Polícia, das mais variadas categorias políticas e profissionais, manifestações de críticas à infeliz ação policial e sugestões quanto à melhor forma de eliminar anteriormente o tomador de reféns.

9.3.4. Critério da aceitabilidade moral

Cada sociedade, cada instituição, cada pessoa tem seus princípios morais. Ao administrador de crise não se permite tomar decisões que contrarie princípios morais. Não se admite, por exemplo, o atendimento de favorecimento sexual para os causadores do evento crítico.

9.3.5. Critério da aceitabilidade ética

Todas as sociedades e todas as instituições têm seus princípios éticos. Não é ético um comandante determinar a seu subordinado para que coloque em risco sua vida para distrair a atenção dos causadores do evento crítico, como não seria ético aceitar voluntários ou determinar que subordinados se coloquem como reféns substitutos de quem quer que seja. A vida de qualquer pessoa é valiosa, independente de sua idade, sexo, situação econômica ou posição política.

9.4. Principais Erros Elementares

Acontecem quando as recomendações doutrinárias não são observadas. Os mais comuns ocorrem quando:

- não se executam as medidas iniciais de contenção;
- não se conhece o valor da negociação;
- não existem regras fixas nas ocorrências com tomada de reféns;
- não há clara definição de atribuições e responsabilidades; e
- há permissão para que pessoas não policiais executem funções técnicas de Polícia.

9.5. Principais Fundamentos da Negociação

- bons negociadores sabem como ler as necessidades do outro lado. Comece por visualizar possíveis ganhos, não perdas;
- pratique para melhorar suas habilidades. Quando negociar, esteja preparado para um acordo. Tenha clara suas prioridades: ceda em questões secundárias;
- ser flexível é um sinal de força, não de fraqueza. Identifique os pontos que são passíveis de acordo. Recolha toda informação relevante para a negociação. Preste atenção na proposta feita pelo outro lado. Fale com pessoas que conhecem quem está do outro lado;
- sua estratégia de negociação deve ser sempre simples e flexível. Além das palavras, perceba o tom de voz das pessoas. Apresente propostas com o mínimo possível de emoção;
- não comece a falar até que você tenha algo relevante para dizer;
- espere o outro terminar antes de responder. Solicite um tempo para refletir sobre novas propostas. Ofereça primeiro pequenas concessões, talvez sejam suficientes. Não ceda terreno, a menos que você receba algo em troca. Não atropele itens para apressar a negociação;
- seja enérgico, mas não agressivo, ao firmar acordos. Use humor quando for o caso, mas não tente ser esperto demais. Tente entender a hesitação dos oponentes e

acerte a ordem na qual as medidas negociadas devem ser cumpridas.

9.6. Princípios Básicos da Negociação

- iniciar as tentativas de negociação com cautela. Procure ganhar tempo pela negociação, considere o tomador de reféns parte igual na negociação e direcione a disposição para a negociação;
- usar conversação aberta, real e sincera, não irritar o sequestrador. Ser maleável, fazer ceder a tensão, criar disposição para o diálogo e não impor ofensas;
- deixar o tomador de reféns falar, mesmo sendo chavões. Demonstrar interesse, repetindo fatos importantes. Demonstrar preocupação em ajudar;
- exigir provas atuais que os reféns estão vivos. Concessões só depois de autorizadas pelo comando da operação. O negociador não pode e não deve ser a última instância de decisão;
- nunca encerrar a negociação. Não desistir, pois um pouco mais de persistência pode inverter a situação e levar à rendição;
- conseguir informações por meio da negociação. Os meios de comunicações eletrônicos são preferíveis aos contatos diretos, para não possibilitar a tomada de mais reféns;
- tratar da segurança da escuta da negociação, para que não possa ser ouvida por terceiros. O coordenador da equipe deve estabelecer contatos constantes com o comando da operação;
- caso o negociador não consiga estabelecer um relacionamento baseado na confiança, considerar substituição do mesmo;
- para que a negociação tenha sucesso, é necessário considerar os detalhes sobre a tipologia do detrator, a

maneira como executar a ação e os motivos que estão por trás dela;

- em caso de haver pretensão de desencadear o assalto ou outra alternativa tática, usar a negociação como desvio de atenção (distração). Em caso de mudança de local, o grupo de negociação deve acompanhar, transferindo-se ao novo local.

9.7. Técnicas de Negociação

- escolha o momento correto para fazer contato;
- estabilize e contenha a situação;
- evite negociar cara a cara;
- identifique-se como negociador;
- evite as palavras reféns, sequestrados, superiores;
- não responda às agressões;
- demonstre respeito pelo detrator;
- fale baixo e devagar;
- não ameace os causadores da crise;
- evite truques e blefes;
- nunca prometa aquilo que não pode cumprir;
- desenvolva a síndrome de Estocolmo;
- procure ganhar tempo;
- desconfie sempre;
- abrande as exigências;
- a cada concessão exigir algo em troca;
- não permitir a troca de reféns;
- policial não pode ser refém voluntário;
- não conceder armas e munições;
- não fornecer bebidas alcoólicas ou drogas;
- nunca diga não;
- estimule a rendição;
- garanta a integridade dos captores; e
- não estabeleça e nem aceite prazos fatais.

9.8. Fases Psicológicas do Tomador de Reféns

Elas são fundamentais para que o negociador implemente ações técnica e taticamente adequadas. Segundo a Psicologia, podem classificar-se em:

9.8.1. Fase afetiva

Pode durar até as primeiras quatro horas e caracteriza-se pelos causadores do evento apresentarem um estado mental completamente alterado. Não raro, às vezes, a situação é agravada pelo consumo de álcool ou drogas pelos captores. A capacidade que os envolvidos têm de raciocinarem e de comportarem-se de maneira racional é sensivelmente diminuída.

A imprevisibilidade é permanente. Nesta fase não deve haver qualquer tentativa de invasão ao ponto crítico e é necessário que se ganhe o maior tempo possível, para que ocorra a instalação dos efetivos e o início das negociações.

9.8.2. Cognitiva ou do conhecimento

Os sequestradores passam a raciocinar com clareza e com objetividade, dando-se conta da dimensão do problema que estão enfrentando, e buscam uma solução para a situação. É o momento em que o criminoso adquire uma confiança por dispor de reféns, esquecendo-se do seu medo inicial.

Começa a obter ligações emocionais. O negociador deve ser visto como o grande trunfo que os reféns têm para contornar a crise. Com habilidade, o negociador afastará o perigo de morte dos reféns, apelando para a razão.

9.8.3. Caótica

Após cerca de 20 horas do início do evento, a situação apresenta-se com um quadro completamente diferente, relacionado ao cansaço e à sensação de impotência. Deve surgir o esmorecimento e a quebra de ânimo.

O negociador deve intensificar o diálogo. Deve ser visto como um aliado. A negociação deve dar sinais concretos de avanço. Há de se considerar a solução da crise por meio da utilização do grupo tático.

9.9. Táticas de Negociação

Cada parte ingressa na negociação com determinadas expectativas. O movimento tático visa alterar esta expectativa, levando a outra parte a concluir que suas suposições iniciais não eram realistas.

Cada parte tenta persuadir a outra com dois tipos básicos de alegações: a de que a proposta apresentada é a melhor que se poderia oferecer e inexiste alternativa no meio ambiente ou a de que a oferta é a melhor das existentes.

Na negociação, as principais armas são, basicamente, a oferta do que se dispõe e os meios de persuasão, as quais tem de ser, habilmente, utilizadas no tempo e no espaço.

O aspecto principal da habilidade de negociação é o sentido de tempo, ou seja, a capacidade de aproveitar as oportunidades que surgem ao longo do processo.

9.9.1. Tática introdutória

Começar bem é fundamental para que o negociador obtenha êxito em sua missão. Cabe ao negociador verificar o melhor momento para a abordagem, utilizando os meios que julgar necessários.

O negociador terá em mente que jamais deverá conversar com o tomador de reféns, mesmo que ele esteja apontando-lhe uma arma de fogo. Esta é uma regra básica que, se quebrada, pode letalizar o negociador e precipitar a ação tática.

O modo como vai ser desencadeada e adotada a tática de abordagem pelo negociador deve ser respeitada, uma vez que ele pode gostar mais de conversar olhando para o causador da crise ou pode preferir aparelhos de telefone.

A negociação cara a cara implica riscos que devem ser ponderados. Respeitar os limites impostos e a firmeza do olhar, a tranquilidade, a calma, o uso de linguajar adequado e o tom de voz determinado são cuidados especialíssimos e que causam impacto benéfico ao negociador.

Deve ficar claro, desde o início, que o negociador está ali para ajudar a resolver a questão causada pelo sequestrador.

9.9.2. Tática de tranquilização

É uma tática que está associada ao objetivo de diminuir a tensão do ambiente, induzindo o tomador de reféns a um raciocínio prático, visualizando a situação ao seu redor.

A primeira garantia do negociador é a de que a Polícia não vai invadir o ponto crítico enquanto for possível conversar, desde que haja a contrapartida de que o captor não vai agredir o negociador. Este pacto de não agressão harmoniza o ambiente e proporciona condições favoráveis de negociação.

Um bom sistema para tranquilizar o ambiente é o de fazer o tomador de reféns falar bastante, pois, ao pensar e raciocinar, afasta-se mentalmente do problema em que está envolvido.

As atitudes e o desembaraço do negociador e a sua condução do processo, priorizando a organização de ideias e o pensamento coerente, será uma constante numa crise bem gerenciada. Deve evitar movimentos bruscos, bem como a utilização de palavras agressivas, pois provocam uma reação e colocam o negociador no mesmo nível do criminoso.

9.9.3. Tática de envolvimento

O objetivo é fazer o tempo passar, o que facilitará a instalação da Síndrome de Estocolmo. Busca-se o envolvimento do sequestrador com algumas manobras simples, como a de não dar uma resposta de pronto a um pedido, argumentando que há uma dificuldade momentânea.

Tudo pode ser motivo para dilatação do tempo, enquanto a negociação estiver prosseguindo e mostrando sinais de avanço. São exemplos clássicos de que uma negociação evolui, a ausência de violência contra reféns, a diminuição de ameaças e o fato de o tomador de reféns querer conversar.

9.9.4. Tática da dissimulação

Os captores relutam em aceitar uma solução negociada, porque têm consciência dos fatos anteriores. O negociador deve contornar a resistência, afirmando que não importa o que aconteceu e sim o que acontecerá a partir daquele momento.

O negociador deve tentar convencê-los de que o processo está avançando muito bem e que todos estão ganhando com isto. Em qualquer caso, a resposta negativa não deverá ser dada de imediato, argumentando o negociador que precisa de mais tempo para poder preparar o atendimento. A tática da dissimulação é preponderante nos acessos de raiva pelos quais passam os perpetradores da crise.

As manifestações violentas devem ser toleradas e a mudança de assunto, nestes casos, é recomendada para diminuir a tensão. Um ponto importante é não deixar transparecer que os reféns são importantes para o negociador, mas, sim, que se quer resolver a situação e que os reféns fazem parte do problema.

9.9.5. Tática do medo

É permanentemente utilizada durante o gerenciamento da crise. A movimentação da Polícia produz uma sensação de aflição nos sequestradores. Deve ser utilizada com eficiência para que dela possa ser tirado proveito na busca da solução negociada.

Desde o primeiro contato, o negociador dirá que a Polícia não vai invadir, mas eles devem saber que ela está ali e pode invadir. O negociador, assim, estará fortalecido, pois, ele é a maior garantia de que não haverá solução extrema.

A habilidade do negociador é justamente demonstrar que ele é mais importante que os reféns e, ao mesmo tempo, pressioná-los de todas as maneiras, sem aumentar a tensão do ambiente e exercendo um cerrado controle de suas emoções, mantendo-os e fazendo-os sentirem-se completamente isolados do mundo. Buscar mecanismos que proporcionem situações que repercutam cansaço físico e mental são exemplos comumente utilizados.

O negociador deverá, sempre que possível, afirmar que todos estão ganhando com a conversa ou que a história registra que as situações semelhantes foram resolvidas por acordos efetivamente cumpridos pela polícia. O negociador é um manipulador nas situações de incerteza.

Capítulo 10

10. A CRISE NA NEGOCIAÇÃO E O MECANISMO DE RESPOSTAS

10.1. Dificuldade para Organizar o Ambiente

Um evento crítico tem como característica a sua imprevisibilidade, ou seja, não é comum a Polícia ter conhecimento de onde, quando e com quem ocorrerá; além disso, sempre exige respostas imediatas da Polícia em curto espaço de tempo, de maneira a evitar que se agrave ou se alastre.

Normalmente, tudo isto, mais a gravidade inerente ao tipo de ocorrência caracterizada como crise, produz um ambiente absolutamente caótico, agravado pela presença de curiosos, transeuntes e a imprensa, que pressionam constantemente as autoridades locais em busca da notícia.

Essa dificuldade de organização do ambiente crítico, a descoordenação no emprego das forças policiais e a ausência de padrões técnicos definidos têm como consequência direta o superdimensionamento da força aplicada ou o subdimensionamento dessa mesma força, gerando abusos contra suspeitos e/ou exposição de terceiros a extremo risco, no primeiro caso, e exposição de risco desnecessário dos policiais, no segundo caso.

10.2. Ações Individuais de Intervenção

A falta de observação dos princípios doutrinários de gerenciamento de crises, em especial das ações do negociador no atendimento dos incidentes com reféns, e a própria caracterização do ambiente crítico descrito no item anterior propiciam o desencontro entre os policiais que se aproximam do local, atendendo chamamento de suas Centrais de Operação, vindos das mais diversas direções.

Tal fluxo desordenado permite que qualquer daqueles policiais, inclusive com diversos comandos diferentes, interfira diretamente, tentando, individualmente, resolver a crise.

Nessas condições, não se pode controlar as ações individuais dos policiais que estão no ambiente da crise, propiciando atitudes isoladas, desconectadas com o planejamento global, favorecendo os erros e os desvios.

10.3. Indefinição de Responsabilidades e Atribuições

Dentro da melhor técnica de atendimento de crises policiais, as medidas de respostas imediatas consistem em conter, isolar e iniciar negociação.

Adotados os procedimentos iniciais, impõem-se a definição de um gerente das ações policiais globais, incluindo especialistas nas áreas de negociação e grupo tático em condições de operar, para o caso de a primeira tornar-se inviável.

Outro fator relevante presente nos eventos críticos é o estímulo para soluções rápidas e violentas, em face da indefinição de responsabilidades, que favorecem ações individuais perdidas no caos existente.

Enfim, a técnica propõe a reorganização do ambiente, a definição clara das tarefas de cada fração especializada, com ênfase para a negociação, e atribuição de responsabilidades para cada fase do processo de resolução até o resultado final.

10.4. MECANISMO DE RESPOSTAS

O mecanismo de respostas sugerido pelo autor, para minimizar esses efeitos no atendimento dos incidentes críticos, é o Gabinete ou Comitê de Gerenciamento de Crises, composto de três equipes com atividades totalmente distintas (equipe de informações, equipe de negociação e grupo tático), que devem interagir entre si e ter a coordenação de um decisor estratégico, denominado de gerente da crise.

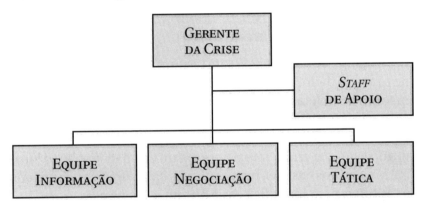

Modelo sugerido para o enquadramento da equipe de negociação

10.5. GABINETE DE GERENCIAMENTO DE CRISES

É o comitê de gerenciamento operando diante de uma ocorrência de grande vulto, quando se faz oportuno a presença de autoridades de órgãos diversos.

10.5.1. COMITÊ DE GERENCIAMENTO DE CRISES

E o grupo de autoridades reunidas especificamente para dar solução a uma crise de grande envergadura. Por autoridades deve-se entender aquelas que direta ou indiretamente poderão contribuir para a solução do evento crítico (autoridades policiais, judiciárias, penitenciárias, entre outras).

10.5.2. ELEMENTOS OPERACIONAIS ESSENCIAIS

São o suporte para a estruturação e o funcionamento do gabinete de gerenciamento de crises.

10.5.2.1. EQUIPE DE INTELIGÊNCIA

A equipe de inteligência será responsável pelo levantamento de todos os dados sobre a ocorrência, o local do homízio, informações completas e detalhadas sobre os reféns e detratores. A coleta de informações é fundamental para o trabalho das demais equipes, pois fornecerá argumentos e parâmetros à equipe de negociação, e o grupo tático necessitará dos dados sobre o local para realizar os ensaios, bem como das características dos reféns e captores, para identificá-los e distingui-los na ação.

10.5.2.2. EQUIPE DE NEGOCIAÇÃO

A equipe de negociação estabelecerá contato pacífico com os causadores da crise. A maioria das crises são solucionadas pela negociação, sem necessidade do emprego da força e, consequentemente, com reduzidos riscos para todos os envolvidos.

Sua constituição básica será um grupo de, no mínimo, três negociadores (para permitir o trabalho ininterrupto), que possuam conhecimento sobre as técnicas de negociação e um grupo de apoio aos negociadores, que acompanhará a evolução da negociação (gravação de fitas, anotação de todos os contatos, confecção de um quadro com as principais informações, etc.), todos sobre o controle do chefe da equipe, que terá autonomia para remanejar os negociadores quando necessário, e que, de acordo com a evolução da negociação, informará ao gerente da crise o momento em que esta não estiver mais progredindo, podendo passar de negociação real para negociação tática.

10.5.2.3. GRUPO TÁTICO

O grupo tático será responsável pela execução das três restantes alternativas táticas: o emprego de técnicas não letais, tiro de comprometimento e o assalto tático.

Quando a negociação real não estiver mais progredindo, iniciar-se-á a negociação tática, para que se ganhe tempo até que o grupo de assalto esteja pronto para a ação. Embora seu emprego seja contundente, deve-se ressaltar que, em algumas incidentes, a negociação poderá não ter êxito e a crise exigirá outra solução, pois a vida dos reféns estará sob ameaça.

A ordem para que o grupo tático entre em ação deverá partir do gerente da crise, após análise global do evento. O sucesso no seu emprego está diretamente relacionado ao preparo técnico dos homens e à qualidade dos equipamentos e armamentos utilizados.

10.5.2.4. GERENTE DA CRISE OU DECISOR ESTRATÉGICO

O gerente da crise ou decisor estratégico deverá contar com uma equipe de apoio para garantir-lhe total controle da situação. Far-se-á necessário o trabalho de um assessor de imprensa para lidar diretamente com a mídia. De acordo com a crise, poder-se-á contar com o apoio de outros profissionais (médicos, psicólogos, psiquiatras, engenheiros civis, eletricistas, advogados, etc.), além de autoridades que poderão se fazer presentes. Todos estes atuarão como conselheiros, não devendo tomar parte direta no gerenciamento.

É conveniente que, em todas as crises, um membro do Ministério Público e um juiz de direito estejam presentes para acompanhar a ação do aparelho policial, bem como dar o apoio legal que seja necessário à operação.

10.5.3. Modelo para gabinete de gerenciamento de crises

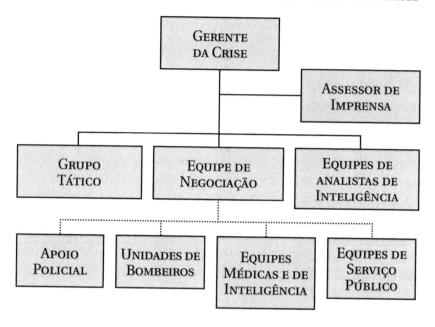

10.6. Aprimoramento do Programa de Treinamento

É uma meta que pode ser alcançada por meio de um diagnóstico cuidadoso dos problemas em potencial nos seus próprios ambientes de negociação.

Um programa de treinamento requer papéis desempenhados por todos os envolvidos, buscando não somente inteirá-los dos problemas, como também do estabelecimento de linhas de comunicação necessárias para a solução negociada.

A partir desses diagnósticos, deve-se elaborar qual será o treinamento apropriado, tendo em vista a situação diante da linha política existente. É óbvio que, para isso, a corporação tem que estar focada na sua política operacional, ou seja, na forma como serão encaradas as ocorrências e na maneira como serão gerenciadas.

Os programas de treinamento servem para dar o suporte necessário à argumentação técnica, saindo do empirismo para o profissionalismo. Dão credibilidade e fornecem uma base para que os negociadores possam, de forma direta, solicitar os recursos e meios mínimos e necessários para desempenharem suas funções.

O ciclo estará completo quando a organização elaborar os perfis necessários, de acordo com suas exigências, e criar um programa de treinamento que habilite tais perfis dentro dos parâmetros predefinidos.

A imaginação e a criatividade também são ferramentas essenciais para alcançar as metas do programa de treinamento.

A partir desse enfoque, foi que o autor sugeriu a criação do curso de Negociação de Crises com Reféns na Polícia Militar do Estado de São Paulo, conforme será abordado no próximo capítulo.

Capítulo 11

11. CURSO DE NEGOCIAÇÃO DE CRISES COM REFÉNS NA PMESP

O primeiro curso de Negociação de Crises com Reféns na Polícia Militar do Estado de São Paulo (PMESP) iniciou-se no ano de 2001, na Diretoria de Ensino (DE), por iniciativa do autor, visando dar suporte à estruturação, implantação e funcionamento dos Gabinetes de Gerenciamento de Crises, quer no âmbito da Secretaria de Segurança Pública, quer no âmbito da Corporação.

Tal especialização fazia-se necessária para qualificar os policiais que almejavam atuar nessa função e atender à solicitação dos especialistas que concluíram, a partir de 1997, também na DE, o curso de Gerenciamento de Crises, os quais, com uma visão estratégica, propuseram essa complementação operacional da estrutura matricial do referido gabinete.

A derradeira motivação foi acompanhar a evolução da doutrina mundial de Gerenciamento de Crises, na tendência gerencial de integração operativa dos seus elementos essenciais, de forma harmônica e independente, na função operacional e na subordinação administrativa.

O curso foi desenvolvido para especializar praças e oficiais, extensivo às outras organizações policiais civis e militares, forças armadas e segmentos das áreas da segurança pública e da defesa social.

O objetivo geral foi habilitar policiais a desempenharem a função de negociador em eventos críticos com reféns, seguindo os preceitos doutrinários e técnicos de negociação de crises com reféns, de forma segura, precisa e sem riscos para a integridade física individual e coletiva, usando adequadamente a estrutura do Gabinete/Comitê de Gerenciamento de Crises e os conhecimentos da doutrina mundial de gerenciamento de crises.

11.1. GRADE CURRICULAR

A seguir, expõe-se a grade curricular do curso de Negociação de Crises com Reféns, com duração de 200 horas-aula, embasada no modelo anglo-americano de Polícia e adaptado à realidade e aos propósitos das instituições policiais brasileiras:

- noções básicas da doutrina de gerenciamento de crises;
- psicologia Criminal aplicada à negociação de crises com reféns;
- psicopatologia;
- psicologia aplicada ao processo de tomada de reféns;
- técnicas de comunicação e programação neurolinguística;
- aspectos jurídicos sobre negociação de crises com reféns;
- técnicas de negociação;
- táticas de negociação;
- dinâmica de grupo aplicada à negociação de crises com reféns;
- treinamento do papel do policial negociador; e
- estudo de casos.

11.1.1. COMENTÁRIOS DA GRADE CURRICULAR

Observa-se que, na grade curricular apresentada, o rol de assuntos existentes está compatível com a complexidade do processo de negociação e as ações do negociador, inclusive, com ênfase na área da Psicologia Comportamental, conforme preconiza a doutrina.

As atuais demandas de ocorrências críticas, como sequestros, rebelião em presídios e tentativa de suicídio, também podem ser resolvidas mediante o emprego da solução negociada, precedendo o eventual emprego de força-tarefa, para tanto, os aludidos cursos proporcionados pela DE são compatíveis.

11.2. Perfil Profissiográfico para o Policial Negociador

Para ser negociador de crises, o policial precisa possuir algumas qualidades específicas, além de técnicas e táticas dirigidas, conforme já foi observado nos capítulos anteriores.

Dessa forma, por ocasião do desenvolvimento do Curso de Negociação de Crises com Reféns, foi encomendado pela DE, ao Centro de Seleção, Alistamento e Estudo de Pessoal (CSAEP), o desenvolvimento de teste profissiográfico para os candidatos aos cursos, contendo o perfil necessário, tais como habilidades intelectuais, personalidade, relacionamento interpessoal, boa conduta e qualificação para negociar. Todos os que frequentaram o aludido curso foram submetidos ao teste.

11.3. Simbologia do Distintivo do Curso

Oficiais   Praças

11.3.1. Descrição heráldica

Ao centro duas silhuetas humanas em blau, representando um refém e seu algoz, frisadas em dourado, simbolizando as crises envolvendo reféns, dentro de um círculo frisado em gole, com campo xadrezado de oito tiras horizontais e oito tiras verticais, totalizando 64 (sessenta e quatro) quadrados, alternados em sable e branco, simbolizando as cores internacionais da Polícia e o tabuleiro de xadrez, que remete à inteligência, ao raciocínio, à lógica e ao uso da estratégia, atributos indispensáveis nos procedimentos relacionados ao Gerenciamento das Crises.

Esse círculo possui, à esquerda e à direita, a estilização da bandeira de São Paulo, com suas cores originais, na figura geométrica semelhante ao seu contorno; é circulado por uma seta dinâmica, em sentido longitudinal, partindo do sudoeste da figura central, terminando em ponta no sudeste da mesma figura, simbolizando a primeira alternativa para a solução de uma crise: A NEGOCIAÇÃO.

Tem em sua base a estrela de cinco pontas e a coroa de louros, em metal dourado, representando, respectivamente, as operações bem-sucedidas, o desprendimento e a determinação no trabalho.

Medidas: 50 mm de largura, por 30 mm de altura.

O distintivo das Praças será o correspondente a descrição do distintivo dos Oficiais, porém, com as partes douradas substituídas por prata.

Criação e descrição heráldica: Major PM Wanderley Mascarenhas de Souza, da DE.

Arte: 2º Sargento PM Edson Magossi, da DE; e Cabo PM Fabio Fonseca de Araújo, do 1º Batalhão de Polícia Ambiental (1º BPAmb).

CAPÍTULO 12

12. DIRETRIZES RECOMENDADAS

A proposta é prover uma padronização de procedimentos em nível institucional, abordando todos os aspectos da negociação de crises; adotar diretrizes sugeridas de negociação e políticas; e encorajar e dar suporte ao avanço da disciplina de negociação de crises.

Com esse foco, recomendam-se as seguintes diretrizes, ratificadas em 20 de junho de 2001, em Nova Iorque, EUA, pela Associação Internacional dos Chefes de Polícia (IACP)[7] e pelos membros do Conselho Nacional de Associações de Negociação (NCNA)[8], com possibilidades de utilização pelas organizações policiais brasileiras, nos incidentes com reféns.

12.1. POLÍTICA DE CONDUTAS DE PROCEDIMENTOS

Buscando eficiência, eficácia e a diminuição das responsabilidades dos negociadores no processo de negociação, recomenda-se desenvolver e disseminar uma política efetiva para prover ações com parâmetros claros e concisos, inclusive as respostas apropriadas esperadas para qualquer situação de crises com reféns.

---

7. IACP. International Association of Chiefs of Police. *Rules and guide to negotiation.* New York, EUA: NCNA, 2001, pp. 23-35.

8. NCNA. National Council Negotiation Association. *Rules and guide to negotiation.* New York, EUA: NCNA, 2001, pp. 4-16.

Estas políticas e procedimentos devem ser revistos, aprovados pelas autoridades competentes e exaustivamente treinadas pela equipe de negociação.

O objetivo é minimizar os efeitos da crise sobre a credibilidade da organização.

A alta gestão da organização deve estar comprometida com essas medidas, prover a estrutura e funcionamento dos gabinetes de crise e reavaliar periodicamente as condutas e procedimentos referentes aos mecanismos de negociação.

12.1.1. Princípios-guias

A meta do processo de negociação é salvar vidas e resolver incidentes de crise enquanto tenta evitar um risco desnecessário aos policiais, cidadãos, vítimas e tomadores de reféns.

A aplicação das habilidades de negociação de crise tem, consistentemente, provado ser o método mais eficaz a ser aplicado pela Polícia para alcançar os objetivos desejados.

12.1.2. Determinação de resolução

O método pelo qual qualquer situação de crise é resolvida é, ultimamente, determinada pelo comportamento do tomador de reféns.

Padrões de aceitabilidade requerem que organização policial, no entanto, considere todos os esforços racionais para obter uma resolução não violenta.

As habilidades de utilizar as negociações representam a ferramenta de maior sucesso para a resolução da crise (83% dos casos resolvidos sem letalidade).

12.2. Negociação de Crises: Estratégias Preferidas

Geralmente, a resolução tática deve ser reservada para aqueles casos nos quais o captor parece propenso a engajar-se em uma violência maior do que os esforços da negociação.

Em virtude do perigo inerente para todas as partes em usar a força, ela só deve ser usada quando for necessária, quando valer à pena correr o risco e for aceitável.

12.2.1. Capacidade de negociação

Todas as unidades policiais devem manter uma capacidade de negociação.

Qualquer organização policial grande o suficiente para ter um grupo tático/ força tática deve ter uma equipe de negociação.

Assim como os grupos táticos, as negociações desenvolvem-se melhor se utilizadas em um contexto de grupo.

Instituições Policiais devem identificar e treinar uma equipe suficiente de pessoal em habilidades de negociação, de reconhecida atuação profissional.

Os policiais negociadores devem manter seus níveis de habilidade através de treinamentos individuais e coletivos.

Assim como nos grupos táticos, a equipe de negociação deve ser suficientemente equipada e ter suporte técnico para desempenhar suas funções.

12.2.2. Confiança pública e responsabilidade

A sociedade exige que as corporações policiais tenham profissionais capacitados para resolver incidentes de crise da maneira que acontecerem, independentes de seu risco (negociações).

A responsabilidade civil pode tornar-se um grande problema apresentado para qualquer Instituição que não demonstre dispor de negociadores treinados, políticas adequadas, procedimentos e equipamentos para responder a incidentes de crise.

12.2.3. Composição da equipe de negociação

O nível de pessoal para uma equipe de negociação varia grandiosamente de uma corporação para outra, baseado em necessidades percebidas ou demonstradas.

É recomendado que, no mínimo, três negociadores respondam a um incidente de crise.

Incidentes mais complexos ou difíceis podem requerer membros de equipes adicionais, preenchendo uma variedade de funções do grupo.

12.2.4. Assistência de saúde mental

As equipes de negociação devem considerar estabelecer uma relação de consulta com profissionais de saúde mental.

Para ser habilidoso, o profissional de saúde mental deve:

- servir como conselheiro da equipe, não como negociador;
- participar do treinamento de negociação;
- responder a chamadas quando requisitado;
- focalizar sobre a condição comportamental do tomador de reféns; e
- assistir a reunião da equipe depois de um incidente crítico *(debriefing)*.

11.2.5. Selecionando os membros do grupo de negociação

Os padrões de seleção variam circunstancialmente; no entanto, considerações devem ser dadas para identificar policiais com as seguintes habilidades:

- voluntariado;
- elevado nível de autocontrole;
- habilidade de permanecer calmo sob estresse;
- excelentes habilidades de comunicação interpessoal;
- comportamento calmo e confiante;
- bom ouvinte e interlocutor; e
- trabalhar bem no conceito de equipe.

12.2.6. TREINAMENTO INICIAL REQUERIDO PARA NEGOCIADORES

É recomendado que policiais selecionados, para tornarem-se negociadores, recebam treinamento que inclua:

- um mínimo de 100 horas-aula de um curso qualificado;
- conceitos básicos e técnicas, psicologia para anormalidades, contribuições, intervenção em crise/suicídio, técnicas de escuta ativa, estudos de casos, exercícios do papel do negociador e gerenciamento global de um incidente; e
- exercícios simulados adicionais.

12.2.7. TREINAMENTO DE NEGOCIAÇÃO NECESSÁRIO

Assim como todas as habilidades críticas da função policial, tais como usar arma de fogo, os negociadores devem, periodicamente, receber treinamento atualizado e praticar, no intuito de manterem sua proficiência.

É recomendado que negociadores, anualmente, tenham um mínimo de cinco dias de treinamento para manter sua proficiência.

Comparecer a conferências e simpósios e aprender a partir de apresentação de estudos de casos é altamente desejável.

12.2.8. Organização da equipe de negociação

É recomendado que cada unidade organize seu grupo de negociação com a seguinte filosofia:

- identificar um líder de equipe responsável pelos assessoramentos operacionais, seleção do grupo, treinamento e manutenção de equipamentos;
- desenvolver uma política escrita para acionamentos e ter um procedimento operacional padrão; e
- instituir ações para estabelecer e fazer funcionar um **Centro de Operações de Negociação Funcional** (grifo do autor).

12.2.9. Papel da equipe de negociação na estrutura de comando

Independente do sistema de resposta dado ao incidente, o líder da equipe de negociação deve ser visto como um conselheiro crítico e ter acesso direto ao comandante no local durante uma operação.

Para tomada de decisões balanceadas, a utilização da equipe de negociação deve ser independente da utilização do grupo tático.

Recomenda-se que a equipe de negociação também não seja, administrativamente, subordinada ao grupo tático.

12.2.10. Comandantes não negociam e negociadores não comandam

Incidentes passados têm mostrado claramente que, em virtude de suas responsabilidades pelo gerenciamento global do incidente, os comandantes em cena devem evitar de funcionar como negociadores.

Universalmente, é aceito que os procedimentos de negociação permitem ao negociador demorar e ganhar tempo ao indicar que decisões finais são de responsabilidade de uma instância superior. O comandante em cena não pode fazer isso.

12.2.11. Aproximações de negociação recomendadas

Habilidades de negociação devem ser usadas com o intuito de acalmar e diminuir o ritmo do incidente.

Na maioria dos casos, a estratégia inicial deve ser diminuir as emoções e reduzir a tensão no local.

O contato primário entre o tomador de reféns e a equipe de negociação pode servir como contenção verbal:

- ajuda a reduzir a tensão e minimizar a falha de entendimento;
- deve ser considerada até mesmo se o grupo tático não tiver chegado ainda ao local; e
- mesmo com intenções pacíficas, as ações da Polícia serão frequentemente vistas como ameaçadoras pelo tomador de reféns e podem promover resistência futura.

A invasão tática do local, não avaliada, pode ser improdutiva para estabelecer e manter um diálogo significativo.

Experiências sugerem que os tomadores de reféns estão em um *estado de crise.*

O tomador de reféns pode não estar apto a enfrentar situações estressantes de vida ou perdas significativas (trabalho, relacionamento e autoestima). Estatisticamente, 65% das tomadas de reféns são tipicamente de eventos não planejados e aparentemente irracionais.

Esforços de resposta devem tentar diminuir as emoções e aumentar o pensamento racional.

A passagem de tempo (ganhar tempo) é tipicamente a ferramenta mais importante do grupo de negociação, ao servir para permitir a otimização do emprego de pessoal e equipamento, facilitar o ganho de inteligência, prover oportunidades de escapes para as vítimas, assistir no planejamento de intervenção tática, ajudar a diminuir a tensão, construir a confiança (*rapport*) e promover mais pensamento racional por parte dos tomadores de reféns.

Investimentos das corporações no fator tempo tendem a pagar grandes dividendos: 64% de todos os incidentes são resolvidos em quatro horas ou menos; 90% de todos os incidentes são resolvidos em nove horas ou menos.

Os custos de gerenciar pacientemente a situação típica são significativamente menores que os custos associados com processo típico que utilizam outras alternativas táticas.

12.2.12. Resultados desejados

A violência é mais propensa a acontecer no início de um incidente e no final, se uma intervenção tática for necessária.

Policiais, vítimas e tomadores de reféns encaram um maior risco durante uma intervenção tática.

Estima-se que 87% dos incidentes com reféns são resolvidos por meio do processo de negociação.

Em 90% das situações, não há perdas de vidas.

12.2.13. Necessidade de coordenação tática

É imperativo que os grupos de negociação e o grupo tático desenvolvam e mantenham um entendimento próximo de cooperação no relacionamento operacional.

Comumente, problemas graves persistem quando esses grupos falham ao não entenderem os métodos um do outro e quando, insuficientemente, treinam integrados.

A concessão de itens, soltura de vítimas ou rendição de tomadores de reféns no local de crise requer coordenação próxima entre os grupos táticos e de negociação.

12.2.14. Relação com o comando

É importante os comandantes em cena estarem familiarizados e entenderem os conceitos essenciais de negociação.

Comandantes devem favorecer o processo de **tomada de decisão balanceada**, procurando a colocação simultânea e o encontro tanto do líder do grupo tático quanto do grupo de negociação, e este **tríplice comando** deve discutir amplamente as opções e procurar consenso, sempre que possível (grifos do autor).

12.2.15. Lidando com imprensa

O policial assessor de imprensa deve estabelecer uma área de reunião preliminar (*briefing*) com a mídia.

A imprensa deve ser contatada constantemente e deve buscar--se a sua cooperação.

Somente o policial assessor de imprensa e gerente da crise devem prestar declarações à imprensa. Evite expor ou identificar os integrantes dos grupos tático e de negociação.

Essas declarações durante um incidente, devem ser revistas pelo grupo de negociação, pois podem ser uma ferramenta de negociação.

12.2.16. Reunião pós-incidente e estudo de casos

É recomendável que as unidades conduzam revisões de cada incidente, para identificar áreas de problemas e soluções, bem como identificar ações positivas para futura reutilização (espelhamento).

Devem, ainda, mostrar desentendimentos e percepções errôneas para minimizar influências negativas em todo o pessoal.

Se a resolução for traumática, um protocolo de reunião pós--incidente (*debriefing*) de estresse crítico, deve ser feito para todo o pessoal.

12.2.17. Recomendações adicionais

As políticas e diretrizes de negociação recomendadas nessas ações não têm a intenção de ser incluídas ou abranger todos os aspectos das operações do grupo de negociação.

Cada organização deve ter um procedimento operacional padrão próprio que abranja seus problemas e preocupações específicas, de acordo com sua missão e responsabilidade.

Políticas para situações e questões complementares, como por exemplo o uso de dispositivo de escuta, podem ser ditadas pela legislação específica.

12.2.18. Ações sugeridas para tornar eficaz a negociação

- decisão segura após conhecer procedimentos e técnicas imprescindíveis para se ter o resultado almejado;
- compreensão do processo a partir das medidas eficazes de planejamento e execução;
- posicionamento profissional perante qualquer incidente, levando em conta todos os aspectos dos escalões envolvidos, bem como o trabalho das autoridades encarregadas do processo decisório;
- conhecimento da relação custo x benefício das ações engendradas, considerando a análise do risco, o planejamento, a política de segurança e a atuação;
- economia operativa proporcionada pela integração dos órgãos de segurança, e em especial do Gabinete de Gerenciamento de Crises;
- controle e avaliação, com estudo de casos da qualidade do processo de negociação, com o objetivo de medir o seu desempenho e ajustar possíveis alterações de metas.

Conclusão

A negociação de crises com reféns é uma área que exige constante aperfeiçoamento técnico-profissional, e a sua importância é mensurada, constantemente, durante o desenrolar dos mais diversos conflitos envolvendo vidas, inclusive naqueles em que o próprio agente é a provável vítima.

A opção prioritária que a doutrina de gerenciamento de crises faz pela solução negociada dos eventos críticos não é gratuita nem aleatória, e tampouco decorre de uma cosmovisão laxista de solução dos conflitos no âmbito da segurança pública.

É resultado de um longo processo de amadurecimento, obtido por meio do estudo e da análise de milhares de casos ocorridos, nos últimos anos, em todo o mundo, os quais têm dado um supedâneo estatístico de porte à comprovada eficiência desse tipo de solução, se comparado, por exemplo, com o uso de força letal, também denominado solução tática.

As estatísticas têm demonstrado que a solução negociada, quando eficientemente conduzida, apresenta resultados superiores aos das soluções de força, que são quase sempre cruentas e com consequências traumatizantes para aqueles que se encontram na condição de reféns.

Nesse enfoque, depreende-se que a maioria dos eventos críticos são solucionáveis pela simples negociação, seja porque as exigências dos causadores desses eventos estão dentro do razoável e são integralmente atendidas, seja porque a negociação proporcionou um acordo com concessões de ambos os lados.

Não são raros, na crônica policial, os casos em que o evento crítico não apresenta, na essência, aquela dimensão e aquela gravidade que aparenta ter ao eclodir, mas que, em virtude de um mau gerenciamento, recrudesceu e até desandou para desfechos desastrosos, pelo uso desnecessário e precipitado de força policial, quando tudo poderia ter sido resolvido razoavelmente com uma boa negociação.

Cada incidente é peculiar e diferente em sua própria essência. O negociador deve encarar esse desafio cada vez que for atuar, por isso, o seu treinamento é de suma importância, já que o perfeito desempenho da função depende, sobremaneira, das suas ações para o êxito da missão.

Além do mais, ao optar pelo emprego da negociação até as últimas consequências, os responsáveis pelo gerenciamento da crise escolherão não somente a alternativa mais segura, mas também aquela que é aprovada e ansiada pela maioria absoluta dos mais interessados na solução do evento, que são os reféns, cujas vidas estão em jogo e se pretende preservar.

É importante lembrar sempre que o sucesso na negociação de um incidente com reféns não é resultado de uma ação heroica de um policial, ou ainda de uma instituição isolada, mas sim o resultado de um trabalho profissional em equipe devidamente coordenado. Tem-se, dessa forma, uma tomada de decisão balanceada ou um processo decisório compartilhado.

O propósito deste livro é consolidar a função do negociador, por meio de suas ações, como elemento operacional essencial da estrutura matricial do gabinete de gerenciamento de crises. Esta obra é para o futuro policial negociador que deseja aprender a arte de bem negociar crises com reféns. Este trabalho é o resultado de anos de pesquisa e experiências práticas, trabalhando com policiais negociadores. Combina os princípios e as aplicações do Direito, Psicologia, Sociologia, Comunicação, Criminologia e outras disciplinas, em uma estrutura conceitual para o negociador.

Os sentidos das palavras no papel (e o autor responsabiliza-se por elas) não são uníssonos. Os verdadeiros sentidos das palavras resultam da experimentação e aplicação, de um incontável número de estudiosos e negociadores que atuam na área há muitos anos. Há um especial reconhecimento e gratidão, no entanto, para algumas pessoas que possibilitaram inspiração, motivação, coragem e assistência necessárias para trazer mais contribuições para este trabalho.

É sempre de bom alvitre relembrar que as palavras voam, os escritos permanecem e os exemplos arrastam.

Que Deus nos guie em nossas ações de negociador.

REFERÊNCIAS BIBLIOGRÁFICAS

BOLZ JUNIOR, Frank. *How to be a hostage and live*. NewYork, EUA: Faber and Faber, 1987.

FEDERAL BUREAU OF INVESTIGATION. *Guia de Apontamentos de Negociações Especiais*. Quântico, Virginia, EUA: FBI National Academy, 1992.

FEDERAL BUREAU OF INVESTIGATION. *Negociações em situações de crise*. Quântico, Virginia, EUA: FBI National Academy, 1992.

FEDERAL BUREAU OF INVESTIGATION. *Apontamentos do Curso de Treinamento Internacional de Gerentes de Crise*. Quântico, Virgínia, EUA: FBI National Academy, 1997.

FUSELIER, Dwayne e NOESNER, Gary. *Confronting the terrorist hostage taker*. New York, EUA: Paladin Press, 1990.

MASCARENHAS DE SOUZA, Wanderley. *Gerenciamento de Crises: Negociação e atuação de Grupos Especiais de Polícia na solução de eventos críticos*. Monografia do Curso de Aperfeiçoamento de Oficiais (CAO), CAES, PMESP, 1995.

MASCARENHAS DE SOUZA, Wanderley. *Como se comportar enquanto refém*. São Paulo: Ícone, 1996.

MASCARENHAS DE SOUZA, Wanderley. *Gerenciando Crises em Segurança*. São Paulo: Sicurezza, 2000.

NEW YORK POLICE DEPARTMENT. *Hostage Negotiaton: Organizational and Tactical Guide*. New York, EUA: NYPD, 1986.

SOBRE O AUTOR

Wanderley Mascarenhas de Souza, Oficial da Polícia Militar do Estado de São Paulo, Bacharel em Direito e Educação Física, Doutor em Ciências Policiais de Segurança e Ordem Pública, pelo Centro de Aperfeiçoamento e Estudos Superiores (CAES), Pós-graduado em Políticas de Gestão em Segurança Pública, pela PUC/SP e Professor dos cursos de pós-graduação de Políticas de Gestão em Segurança Pública, na PUC/SP e dos cursos de doutorado em Ciências Policiais de Segurança e Ordem Pública, no CAES. Serviu na ROTA (Rondas Ostensivas Tobias de Aguiar), foi fundador e 1º Comandante do Grupo de Ações Táticas Especiais (GATE) e do Esquadrão Antibomba, Chefe da Divisão de Treinamento da Diretoria de Ensino e, atualmente, é o Comandante do Centro de Capacitação Físico Operacional / Escola de Educação Física da Polícia Militar do Estado de São Paulo.

Atuou em mais de uma centena de situações de crise, envolvendo casos de sequestros, entre eles o "Caso Abílio Diniz" e o "Caso Ellian" (EUA); atentados à bomba; rebeliões em presídios e resgates de reféns.

Publicou quatro livros na sua área de atuação:
- **Radiografia do Sequestro**
- **Contra-ataque: Medidas Antibomba**
- **Como se Comportar Enquanto Refém**
- **Gerenciando Crises em Segurança**

Além disso, publicou também dois manuais técnicos para a Polícia Militar: "Normas Gerais de Ação do GATE" e "Normas Técnicas Preventivas em Ocorrências de Atentados à Bomba".

Defendeu duas teses monográficas intituladas "Gerenciamento de Crises, Negociação e Atuação de Grupos Especiais de Polícia na Solução de Eventos Críticos", a qual foi transformada em procedimentos básicos nas ocorrências com reféns, atendidas pela Polícia Militar do Estado de São Paulo (1995) e "Ações do Policial Negociador nas Ocorrências com Reféns" (2002).

Ministrou cursos e palestras na Marinha do Brasil (CENIMAR) (Brasília-DF), no Comando Militar do Sudeste (São Paulo-SP), na 11ª Bda Inf Bld (Campinas-SP), no Primeiro Comar (Belém-PA), no Centro de Comunicação Social do Exército Brasileiro (Brasília-DF) e para o Corpo de Segurança Pessoal da Presidência da República.

Foi Professor do Centro de Estudos Superiores da Polícia Militar do Estado de São Paulo (CAES) na matéria Gerenciamento de Crises (1996/2002); Instrutor e Palestrante de cursos de Gerenciamento de Crises e Negociação nas Polícias Militares dos seguintes Estados: PA, MG, PB, RO, PR e AM; Palestrante convidado na 5ª IACP 2005 (Conferência Executiva de Segurança para a América Latina).

É consultor técnico e especialista para os casos de sequestro (negociação) e plano de incidentes com bomba (PIB); membro da Comissão de Direito Militar da OAB/SP e Observador Externo da SENASP.

Possui os seguintes cursos:
Na Polícia Militar do Estado de São Paulo:
- CURSO PREPARATÓRIO DE FORMAÇÃO DE OFICIAIS;
- CURSO DE FORMAÇÃO DE OFICIAIS;
- CURSO DE APERFEIÇOAMENTO DE OFICIAIS;
- CURSO DE INSTRUTOR DE EDUCAÇÃO FÍSICA;
- CURSO DE OPERAÇÕES ESPECIAIS;
- CURSO DE AÇÕES TÁTICAS ESPECIAIS;
- CURSO DE SALVAMENTO EM ALTURA;
- CURSO DE OPERAÇÕES DE CHOQUES;

- CURSO DE PATRULHAMENTO MOTORIZADO;
- CURSO SUPERIOR DE POLÍCIA INTEGRADO/2002.

Em outras Corporações:
- CURSO DE GERENCIAMENTO DE CRISES E NEGOCIA-ÇÃO – POLÍCIA FEDERAL;
- CURSO DE EXPLOSIVOS – ACADEPOL;
- CURSO DE INVESTIGAÇÃO SOBRE SEQUESTRO – ACADEPOL;
- CURSO DE GESTÃO E GERENCIAMENTO DE SEGURANÇA PÚBLICA – MIN. JUSTIÇA;
- CURSO DE LAVAGEM DE DINHEIRO E CRIME ORGANI-ZADO – MIN. JUSTIÇA;
- CURSO DE OPERAÇÕES TÁTICAS ESPECIAIS – MIN. JUSTIÇA.

No Exterior:
- CURSO SWAT – MIAMI POLICE DEPARTAMENT – EUA;
- CURSO DE GERENCIAMENTO DE CRISE – METRO DADE POLICE DEPARTAMENT – FLORIDA – EUA;
- CURSO ESPECIAL DE EXPLOSIVOS – BOMB SQUAD – METRO DADE POLICE DEPARTAMENT – FLORIDA – EUA;
- CURSO DE EXPLOSIVOS – POLÍCIA FEDERAL DA ARGEN-TINA;
- CURSO DE GERENCIAMENTO POLICIAL ESTRATÉGI-CO – POLÍCIA NACIONAL DO JAPÃO;
- CURSO ANTITERROR – POLÍCIA NACIONAL DE ISRAEL;
- CURSO DE OPERAÇÕES ANTISSABOTAGEM E EXPLOSI-VOS – POLÍCIA DE FRONTEIRAS DE ISRAEL.

Medalhas e Condecorações:
- Láurea de Mérito Pessoal em 1º Grau;
- Láurea de Mérito Pessoal em 2º Grau;
- Láurea de Mérito Pessoal em 3º Grau;
- Láurea de Mérito Pessoal em 4º Grau;
- Láurea de Mérito Pessoal em 5º Grau;
- Medalha "Batalhão Tobias de Aguiar" (ROTA);
- Medalha Pedro de Toledo;

- Medalha MMDC;
- Medalha Sesquicentenário da PMESP;
- Medalha de Mérito Pessoal do METRO DADE POLICE DE-PARTAMENT – EUA;
- Medalha de Mérito – Grau INSTRUTOR ESPECIAL – Miami Police Departament – EUA;
- Medalha – Pedro Dias de Campos (1º colocado no Curso Superior de Polícia).

Contatos:

wanderleymascarenhas@ig.com.br
wmascarenhas@policiamilitar.sp.gov.br